キミと、いつか。

ひとりぼっちの“放課後”

宮下恵茉・作
染川ゆかり・絵

集英社みらい文庫

「好きだよ」
夏の終わり、線香花火を見つめながら
キミが言ってくれた言葉。
花火の明かりに照らされる笑顔
わたしだけのものだと思っていた。
なのに、どうしてこんなにさみしいの？
キミの言葉を信じたい。
だけど、どうすれば信じられるんだろう。
花火がぽとりと地面に落ちて、キミの笑顔が消える。
細くたなびく煙を、あとにのこして。

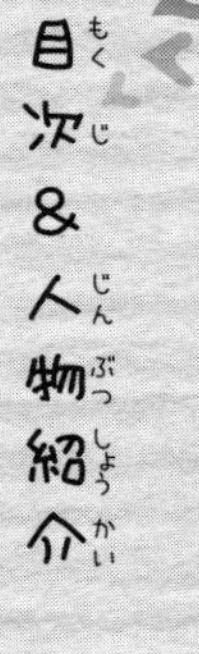

目次&人物紹介

辻本莉緒

色白で美人。やさしくて、ひっこみ思案で、おとなしいタイプ。智哉とつきあっている。

林 麻衣

莉緒の親友。明るく元気で、ボーイッシュ。

足立夏月

莉緒のクラスメイト。莉緒と家庭科研究会を立ちあげた。

石崎智哉

莉緒と同じクラス。
背が高くて
おとなっぽく、
女子に人気がある。
男子バスケ部。

柴田 楓

中2。スタイルがよくて美人。智哉と同じ、体育祭の応援リーダー。

鳴尾若葉

莉緒のクラスメイト。
さばさばした
性格。

あらすじ

わたしの彼・
智哉くんは、**体育祭**の
応援リーダーに
選ばれて、最近
練習で忙しい。
いっしょにいる時間が
減っちゃった。

それに、智哉くんと
柴田先輩が
仲よくしてるの、
なんだか
不安……。

って落ちこんでたら、
智哉くんから
電話が!

約束の日を、ずーっと
楽しみにしてたのに——
まさかのドタキャン。

柴田先輩は智哉くんのことが
好き、もしかして智哉くんも
先輩のことが……。不安な
気持ちがおさえられなくて、
カッとなってしまった。

わたし、無視されちゃったー

電話でのこと、智哉くんに
謝らなきゃって
思ってたのに……。

莉緒は智哉と
仲なおりできるの!?

続きは本文を楽しんでね❤

1 気になる存在

「おーい、ともちーん」

二時間目が終わってすぐの休み時間。

教科書とノートをそろえ、次の授業の準備をしようとしたとき、廊下から声がした。

顔をあげると、やわらかそうな髪を肩のあたりで揺らして手をふる、柴田楓先輩の姿が目に入った。

（……また、来てる）

わたし・辻本莉緒には、つきあいはじめて三か月になる彼・石崎智哉くんがいる。

その智哉くんは、二学期に入ってすぐ、わたしの友だちの鳴尾若葉ちゃんとふたり、体育祭の応援リーダーに選ばれた。

応援リーダーというのは、もうすぐ行われる体育祭を盛りあげる応援団のクラス代表のこと。

赤、白、青、緑の四つがあり、クラス単位で縦割りになっている。ちなみにわたしたちのクラス、一年二組は青団だ。

体育祭当日は、三年生の応援団長を中心に応援合戦があり、その演舞も加点される。総合得点とは別に応援団独自の優勝争いもあったりして、いわば、体育祭の花形だ。

クラスのなかでも、ひときわ目立つふたりが選ばれたのは当然のことなんだけど、そのせいで智哉くんといっしょにいる時間が減ってしまった。

今までだったら、週に何度か部活のあと、いっしょに帰ることができたのに、応援リーダーの練習は、ほぼ毎日、朝にも、昼休みにも、放課後にもある。

だから、智哉くんは二学期に入ってからずっと、わたしといっしょに帰るどころか、部活にすら参加できていない。

(まあ、しょうがないことなんだけど……)

柴田先輩は、教室にすたすたと入ってくると、まっすぐに智哉くんの机へとむかっていった。

顔をあげないようにして、こっそり先輩の姿を目で追う。

「ねえねえ、今日の昼練行くでしょ？　その前に、お弁当いっしょに食べようよ」

柴田先輩が、机に両手をついて智哉くんのほうへと思いっきり顔を近づける。

「え、青団って今日昼練、ありましたっけ。俺、ひさびさにバスケ部のほうに顔だそうかと思ってたんですけど」

智哉くんがのけぞり気味に言うと、柴田先輩はぷうっとほっぺたをふくらませて、智哉くんの肩に両手を置いた。

「ちょっと、ともちん。なに甘いこと言ってんの？　本番までもうあとちょっとなんだよ？　体育祭が終わるまでは、応援リーダーに集中！　じゃないと、青団優勝できないじゃん」

「……す、すみません」

柴田先輩は、今度は鼻の頭がくっつきそうなくらい顔を寄せ、智哉くんはタジタジになっている。

（近い、近すぎる〜〜っ！）

わたしは教科書をにぎりしめ、ハラハラしながらふたりの様子をうかがった。

ソフトテニス部二年生の柴田楓先輩は、青団で智哉くんと同じ応援リーダーをしている。ものすごくスタイルがよくて、顔立ちもまるでお化粧をしているみたいにはっきりしている。制服の着こなしもこなれていて、高校生だって言われても信じちゃいそうなくらい大人っぽい。

だけど、しぐさや話し方はとてもかわいらしくて、いるだけでパッとその場が華やぐような人だ。それに、なにより積極的。

智哉くんが応援リーダーに選ばれてからというもの、柴田先輩はことあるごとに一年二組の教室にあらわれて、智哉くんにしゃべりかける。それも、ほぼ毎日。

そもそも智哉くんは目立つことが苦手だから（といっても、見た目ですでに目立っちゃってるんだけど）、できるなら応援リーダーは、やりたくないって言っていた。

でも、わたしの親友のまいまいこと林麻衣ちゃんにお願いされて、しかたなく引きうけることにしたのだ。

ちなみに、まいまいも智哉くんも同じ体育委員をしている。

例年、応援リーダーの選出が大変なことは、智哉くんもまわりから聞いてわかっていたから、自分が引きうけなきゃって思ったみたい。

智哉くんは背も高いし、どこにいても目立つ人だから、応援リーダーにはぴったりだと思う。

だけど、わたしは内心フクザツだった。

だって、ただでさえカッコいいって言われているのに、ますます智哉くんファンが増えちゃうんじゃないかと思って。

でも、しかたないって思うようにしてきた。

だれかがやらなきゃいけないんだし、智哉くんも自分でやるって決めたんだから。

なのに、柴田先輩の存在で、その気持ちも吹き飛んでしまった。

（いくら先輩だからって、近づきすぎだよ。智哉くんには、わたしっていう彼女がいるのに〜〜〜っ！）

「なに、あれ」

まいまいが、むっとした顔でわたしの席の右どなりに座った。

「石崎くんにべたべたしちゃって、なんか、やな感じ」

今度はわたしと同じ家庭科研究会に所属している足立夏月ちゃんが、わたしの左どなりに座って鼻にしわを寄せる。

「楓先輩、応援リーダーの練習中も、ずうっと石崎くんにべったりだよ」

普段は、この手の話題にまったく興味を示さない若葉ちゃんまでもが、話の輪に入ってきた。

「なんかさ〜、露骨だよね、あそこまでいくと」

「ホント、石崎くんには莉緒って彼女がいるのにさ」

まいまいも夏月ちゃんも、声が大きい。

聞こえてしまうんじゃないかと、ハラハラしながら柴田先輩のほうを見る。

案の定、柴田先輩がぱっとこっちをふりかえった。

（ひゃー、やっぱり聞こえてた！）

あわあわしていたら、柴田先輩はすいこまれそうなくらい大きな瞳で、じいっとわたしたちを見てから、にこっとほほえんだ。

そしてまた何事もなかったみたいに、智哉くんにしゃべりかけはじめる。

（ふえ〜、スゴイ！　なに言われても、平気って感じ……！）

わたしだったら、あんな風に笑えないよ……！

「……ちょっと！　なに今の」

「なんか、ムカつくんだけど！」

まいまいと夏月ちゃんは、柴田先輩に直接文句を言いだしかねない勢いでおこりだした。

「ねえ、莉緒。いいの？　あのままほっといて。ガツンと文句言ってやりなよ」

夏月ちゃんにそう言われたけど、そんなこと、わたしに言えるわけない。

「……だって、しかたないよ。応援リーダーなんだもん、体育祭まであと少しだし」

わたしは自分に言い聞かせるようにそう言った。

そうだよ。ちょっとくらい智哉くんがほかの女の子に（それも、年上の先輩に！）話しかけられてるからって、くよくよしてちゃダメだ。

そんなつまらないことでヤキモチをやいてるって知られたら、智哉くんに嫌われちゃうかも。

（……とはいっても、なかなか割りきれないんだけど）

「ねえねえ。今思いだしたけど、莉緒、前に言ってたよね。女子の先輩が、石崎くんに必要以上に話しかけてくるんだって。……もしかして、そのことでケンカしてたりする？」

まいまいに問われて、言葉につまる。

ケンカもなにも、最近の智哉くんは、応援リーダーに、体育委員の仕事、それから部活に塾……。

忙しすぎてなかなかふたりきりで会うことができない。ケンカすらできない状況だ。

わたしだっていちおう部活があるけれど、夏月ちゃんとふたりだけだから、打ち合わせなんてすぐに終わってしまう。

それも今は体育祭前で先生たちも忙しいから、休止状態。

だけど、もしもそんなグチをこぼしたら、きっとまいまいは応援リーダーをすすめた自分のせいだと思ってしまうにちがいない。

わたしは、無理やり笑顔をつくった。

「ううん、そんなことないよ。たしかに前よりは会う時間が減っちゃったけど、そのぶん、家に帰ってから電話くれる日もあるし」

そう言うと、まいまいはホッとした表情になった。

「あ、そうなんだ。それ聞いて、安心した」

「ごめんね、心配させて。ぜんぜん大丈夫だよ」

精いっぱいの笑顔で、心にもないことを言う。

「まあね、なんといっても莉緒は石崎くんの彼女だもん。それに、このふたりがケンカなんてするわけないし」

夏月ちゃんの言葉に、若葉ちゃんがうなずく。

「ま、せいぜい、楓先輩が石崎くんにちょっかいださないように、わたしが見はっといたげるよ」

普段はクールな若葉ちゃんが、めずらしく積極的だ。

（みんな、わたしを応援してくれてるんだな）

そう思うと、ほんのちょっぴりだけ勇気がでる。

ちらちら横目で見ていると、柴田先輩は智哉くんの腕や肩に何度もさわっておしゃべりを続けている。わたしだってそんなこと、したことないのに。

そっと智哉くんの横顔を盗み見る。

智哉くんは内心、どう思っているのかな。

もしかして、先輩に話しかけられてちょっとうれしいって思ったりしてるんだろうか。

だって、柴田先輩はきれいだし、スタイルもいい。

わたしなんかよりもずっと智哉くんとお似合いな感じがする。

そしてなによりおしゃべりが上手。さっきから、ふたりはずっと楽しそうになにか話している。

わたしは智哉くんといるとき、いつだって頭のなかで次の話題をさがすのに必死なのに。

そこで、やっと休み時間が終わるチャイムがなった。

「じゃあね、ともちん。四時間目終わったらすぐにむかえに来るから、準備しといてよ」

柴田先輩は名残惜しそうにそう言いのこすと、廊下にむかってかけだした。

ホッとして上目遣いに先輩の姿を目で追っていたら、ふいに先輩がわたしのほうをふりかえった。そして、ふっと小さく笑った。

まるで、わたしのことをあわれむように。

先輩から、目をそらしてうつむく。

柴田先輩に勝てそうなところなんて、わたしにはなにひとつない。

智哉くん、わたしが彼女でよかったの？

わたしとつきあってること、後悔してない？

どんどん自信がなくなっていく。

すがるような思いで、智哉くんの背中に視線を注いでみる。

だけど、智哉くんは一度もふりむいてはくれなかった。

2 うらやましくて

「でね、でね、莉緒。そしたら小坂ったらね」

お昼休み、お弁当を食べながら、まいまいったら昨日の小坂くんとのデートの話ばかりしている。

(ま、しょうがないか)

『ねえ、いっしょに組もっか』

引っこみ思案な性格で、入学して以来、なかなかクラスの子たちと仲よくできなかったわたしに、一番初めに声をかけてくれたのが、まいまいだった。

そのあと、まいまいと同じ中学だった若葉ちゃん、二学期から仲よくなった夏月ちゃんといっしょにいる時間が増えて、いつの間にか四人でいることがあたりまえになった。

おかげで、どうすれば友だちができるのか悩んでいたあのころがウソみたいに、毎日楽しい日々を送れている。

それもこれも、ぜんぶまいまいのおかげだ。


まいまいは、いつだって元気で明るくて、ひまわりみたいな女の子。なのに、二学期に入ってからはずっと元気がなかった。

というのも、まいまいの彼氏・小坂悠馬くんとすれちがいが多くて、ぎくしゃくしてたから、らしい。

本当のことをいうと、わたしは小坂くんとまいまいはぜったいに大丈夫だって思ってた。まいまいはぜんぜん信じないけど、小坂くんがまいまいのことを大好きなのは、だれの目から見てもわかるから。

だけど、ふたりはいつの間にか仲なおりをしたみたい。それで昨日は、念願のふたりきりの初デートだったってわけ。

身ぶり手ぶりで昨日のデートの報告をするまいまいの横顔を見つめ、ふっとほほえむ。

よかったね、まいまい。

「あー、なによ、莉緒。今、わたしのこと、笑ったでしょ」

まいまいが、ぷうっとほっぺたをふくらませる。

すると、すかさず夏月ちゃんがツッコんだ。

「そりゃあそうでしょ。まいまいったら、この間まであんなにへこんでたくせに、すっかり元気になっちゃってさ。莉緒だってあきれてるんだよ」

その言葉に、わたしはあわてて手をふった。

「ち、ちがうよ。あきれてなんてないよ。まいまいが元気になって、ホントによかったなあって思ってるもん。……あ、そうだ」

そう言って、通学かばんのなかをさぐった。

「一日遅れちゃったけど、はい、これ。お誕生日おめでとう」

取りだした紙袋を差しだす。

「えー、ウソ！　もしかして、わたしへのプレゼント？　なんだろ？　めっちゃうれしい〜！」

まいまいが、大声をだして目を輝かせる。わたしはあわててひとさし指を口にあてた。

「シーッ！　勉強と関係ないものを学校に持ってきたって先生にばれたら、おこられちゃうよ」

あたりをうかがい声をひそめると、まいまいは口に手をあてて肩をすくめた。

「そうだよ、まいまい。声デカすぎ」

夏月ちゃんにぺしんと頭をはたかれて、まいまいが素直に頭をさげる。

「ごめん、うれしすぎて、つい」

シュンとした表情を見て、思わず吹きだす。

まるで、おこられた犬みたい。

まいまいのこういうところ、憎めないんだよね。

「というところで、はい。これはわたしからの誕プレ。それと、これも」

夏月ちゃんはそう言いながら、かばんのなかからふたつの紙袋を取りだした。

「こっちのピンクの袋がわたしから、そんでこっちの金色のリボンのがなるたんから。今から応援リーダーの昼練あるからって預かってたんだ」

「うおー、やった！　ありがと～」

みんなからもらったプレゼントをかかえて大はしゃぎのまいまいを見て、夏月ちゃんがあきれたように息をついた。

「まいまいってばホ～ント、単純だよねえ」

今の夏月ちゃんのセリフ、しっかり聞こえてたはずだけど、まいまいは知らん顔で、みんなのプレゼントの中身をのぞきはじめた。

「わあっ、わたしがこのキャラ好きなの知ってたんだ。めっちゃうれしい。ありがと、夏月。お～、なるたんはポーチだ！　前に新しいのがほしいって言ってたの、覚えててくれたんだあ」

そう言って、今度はわたしが手わたした紙袋をあけた。

「莉緒はなにをくれたのかな～？」

「あのね、部活で使えるかなと思って、タオルにしたの。それから、手作りのカップケーキ。ふたつあるから、よかったら小坂くんと食べてね」

わたしが言うと、まいまいはきっぱり首を横にふった。

「だめだよ、どっちもわたしが食べる！」

「えっ？」

あっけにとられて聞きかえしたら、まいまいは白い歯を見せてにかっと笑った。

「だって、莉緒の手作りスイーツだよ？　小坂になんてもったいないも～ん」

とたんに、夏月ちゃんが笑いだした。

「小坂くんのことが好きなくせに、そこはキビシイんだね。……で、その小坂くんからは、なにもらったわけ？」

「えっ」

まいまいのほおが、ぱっと赤く染まる。

「もらったんでしょ、プレゼント。だってわざわざ誕生日にデートしたんだもんね～。……ほらほら、早く吐いちまえ。ネタはあがってんだ！」

夏月ちゃんが、まるでドラマの刑事さんみたいにばしんと机をたたいて問いつめる。

まいまいは赤い顔のまましばらくだまっていたけど、

「うーんとね、リストバンド。……おそろいの」

なんでもないように言おうとしたみたいだけど失敗だ。まいまいったら、うれしさ全開でほおがゆるんでいる。

「えーっ、おそろい？　いいなあ」

わたしが言うと、

「このこの～」

夏月ちゃんが、肘でうりうりとまいまいをこづいた。

まいまいは肩をすくめて、ペロッと舌をだした。

「えへへ。わたしもびっくりしちゃった」

昨日、ふたりは電車で十分ほどのところにあるショッピングモールに遊びに行ったのだそうだ。

そこで小坂くんはクレーンゲームに挑戦して、まいまいの一番好きなキャラのぬいぐるみを取ってくれたらしい。それからフードコートでごはんを食べて、夕方までずうっとおしゃべりしてたんだって。

実はまいまいも、誕生日プレゼントをもらえるかもって朝からひそかに期待していたらしい。

なのに、ぜんぜんそんな気配がなくて、やっぱりもらえないのかなあってしょんぼりしていたら、帰る間際に家の前でわたしてくれたんだって。

「小坂ってば、どのタイミングで切りだせばいいかわかんなくて、ずっと悩んでたんだって～。ほーんとあいつ、サルだから」

鼻の頭にしわを寄せ、うれしそうにほほえむまいまいを見る。

（……いいなあ）

小坂くんははずかしがり屋だから、普段、まいまいにそっけない態度を取るみたいだけど、智哉くんから聞いた話では、小学一年生のころからずうっとまいまい一筋だったらしい（まいまいは、ぜんぜん気がついてなかったみたいだけど）。

ふたりはいつも楽しそうにおしゃべりしていて、わたしにとっては理想のカップルって感じ。

たまにはケンカもするみたいだけど、それすらもふたりの絆をより一層深めているような気がする。

ずうっと片思いしていた相手と両想いになって、おたがい同じくらい想いあっているなんて、本当にうらやましい。

それにくらべて、わたしは……。


「どしたの、莉緒。ぼおっとしちゃって」

まいまいに声をかけられて、はっとした。

手におはしを持ったまま、考え事をしていたようだ。はずかしくなって、すぐにおはしを置いて答えた。

「……なんかうらやましいなと思って」

すると、まいまいが目をまんまるにした。

「え〜、莉緒がそれ、言う？」

そのとなりで、夏月ちゃんも大きくうなずく。

「だよねえ。『莉緒ちゃん』『智哉くん』な〜んて呼びあったりして、超ラブラブなのに！」

夏月ちゃんは、わたしと智哉くんの真似なのか、胸の前で手を組んで、一人二役を演じながらそう言った。

（むー、ぜんぜん似てないんだけど〜）

こっそり口をとがらせる。

「だってさあ、莉緒と石崎くんだったら、ぜったいケンカにならないでしょ？」

まいまいの言葉に、しばらく考えてからうなずく。

「……うん、まあ、ケンカはしたことないけど」

するとまいまいは、これでもかと目を見開いた。

「じゃあ、この間のわたしと小坂みたいに気まずくなったりすることもないじゃーん」

「そうだよ〜。あーんな超イケメンの彼氏がいて、ケンカもしたことなくて、いったい、まいまいたちのなにがうらやましいってわけ？」

夏月ちゃんがずいっと顔を寄せてくる。

「ホントホント。わたしと小坂のいったいどこが……」

そこでまいまいが、ぱこんと夏月ちゃんの頭をたたいた。

「……って、ちょっとお、それ、どういう意味よ！」

「え？　あはは、深い意味なんてないって」

夏月ちゃんがごまかすようにヘラヘラ笑う。


たしかにわたしと智哉くんは、ケンカをしたことがない。

智哉くんはやさしいから、いつもわたしに合わせてくれるし、元々もめるようなこともないし。

カッコよくて、やさしくて、成績もよくて、なんでもできる智哉くん。

だからこそ、わたしなんかが彼女でいいのかなって、時々不安になる。

わたしは智哉くんの彼女にふさわしいのかなって。

智哉くんから『好きだよ』って言われたことで、わたしはすごく救われた。

だけど、わたしは智哉くんになにをしてあげられてるんだろう？

いつか智哉くんの前に、わたしなんかよりもっと魅力的な女の子があらわれたら、智哉くんはその子に惹かれてしまうんじゃないだろうか……。

お昼休みになってすぐ、智哉くんを誘いに来た柴田先輩の姿が、頭をよぎる。

「あ～あ、ふたりとも、いいなあ。わたしも彼氏ほしいっ！」

夏月ちゃんの言葉に、まいまいが即座に反応する。

「よく言うよ～。夏月だって、吉村くんとはどうなのよっ」

「だから何度も言ってるじゃん。あれは、ただのおさななじみ！　そういうんじゃないってば！」

ふたりが言いあう姿を見ながら、もそもそとごはんを口に運ぶ。

まだ起こってもいないことを勝手に想像して、ひとりで不安になってしまうのは、わたしのよくないクセだ。

あんなに完璧な智哉くんが、わたしみたいな地味な女子のことを好きだって言ってくれたんだ。

智哉くんの言葉を信じなくちゃ。
ふたりに気づかれないように、わたしはひとりでうんとうなずいた。

3 ひとりぼっちの時間

「ごちそうさまでした」

ぱちんと手を合わせて言ってみる。

だけど、もちろん返事なんてない。

今日も、ひとりきりの晩ごはん。

ダイニングテーブルの上にならぶおかずにラップをかけていく。

お母さんは今日も残業だって言っていた。帰ってくるのは、きっと夜遅くなるだろう。

(ま、いつものことなんだけど)

今日は月曜日。

おもしろいテレビ番組もないし、智哉くんは塾の日だから、電話もかかってこない。

宿題はさっききやりおえて予習もすませた。お風呂に入るにはまだ早いし、やることがなくてひますぎる。

（あ〜あ、今月の「月刊ガーベラ」も読みおえちゃったし、ひさびさに『初恋ダイアリー』でも読みかえそうかなあ）


わたしの家にはお父さんがいない。

だから、お母さんがそのぶんいっぱい仕事をしなきゃいけなくて、小さいころからひとりでお留守番をするのがあたりまえだった。

ひとりぼっちは、なれっこだ。

そんなことをぼんやり考えていて、はっと気がつく。

（しまった。また洗濯物を取りこむの、忘れてた……！）

帰ってきたら一番に取りいれるようにってお母さんに言われているのに、いつもうっかり忘れてしまう。

あわててベランダに干した洗濯物を取りいれたあと、シャッとリビングのカーテンを勢いよくしめる。

カーテンで仕切られたとたん、世界でひとりぼっちになってしまったような気がした。

小さいころから、この時間帯が一番嫌いだった。

わたしがいるのは、外の世界とはっきり区切られたカーテンの内側の世界。

そこにいる自分は、だれからも必要とされていない気がして、さみしくてたまらないから。

そんなひとりぼっちの時間を埋めてくれたのが、少女まんがだった。

ドジでさえない主人公の女の子を、だれより好きになってくれる学園のアイドル。

困ったときにはいつも助けてくれる、たよりになるおさななじみ。

まんがのなかには、こうだったらいいのになっていう、わたしのあこがれがつまっていた。

地味で目立たないわたしのことを、いつか見つけだしてくれるわたしだけの王子さま。

そんな人が、いつかわたしの前にもあらわれるかもしれないって思ったら、さみしい気持ちを忘れられた。

だからお母さんに「いいかげん、古い雑誌は捨てなさい」っておこられても、どれも大切で捨てられなかった。どの本にも、大事な思い出がしみついていて。

ずっと、少女まんがだけが心のよりどころだったわたしを変えてくれたのが、まいまいたちだ。

要領が悪くて、友だちをつくるのがへたくそだったから、学校でもひとりぼっちのことが多かった。

それが、中学に入学したとたん、まいまいたちと仲よくなることができて、おまけに智哉くんなんて少女まんがの王子さまみたいな彼氏ができたおかげで、ひとりぼっちの時間がずいぶん減った。

だから、ふいにこんな風にひとりになると、前よりもずっとさみしい気持ちになってしまう。

ほんの少し前までは、少女まんがさえあればがまんできたはずなのに……。

リビングの壁時計の針の音が、やけにコチコチと大きく聞こえる。

(は〜あ、落ちこんでいてもしょうがない。さっさと食器でも洗おうっと)

テーブルに手をついて立ちあがろうとしたら、電話のベルがなった。

(だれだろ、こんな時間に。セールスかな)

おそるおそる受話器を取る。

「……もしもし」

低めの声でわざとそっけなく言うと、受話器の向こうから智哉くんの声がした。

「ごめん、莉緒ちゃん。俺だけど、今、大丈夫？」

「……智哉くん？　今日、塾の日じゃなかった？」

思いがけない電話に、自然と声がうわずる。

「うん、そうなんだけど、今、家に帰ってきたところなんだ。もう塾には間にあいそうにないから、今日は休むことにした」

「今、学校から帰ってきたの？」

わたしは受話器を持ちなおして、壁の時計を見上げた。

時計の針は、もうすぐ八時をさそうとしている。

「でも、完全下校って六時半じゃなかった？」

わたしが聞くと、智哉くんが小さく息をつくのが聞こえた。

「うん、そうなんだけど、そこからつつじ台神社に移動して今まで応援リーダーの練習してたんだ」

(えーっ!)

つつじ台神社は、中学の裏手にある神社だ。

夏休みには毎年お祭りがあって、河川敷では花火大会が行われる。

今年の夏、わたしもまいまいや智哉くんたち、総勢八人で見に行った。

運動部のランニングなどで行くこともあるみたいだけど、それにしたってこんな時間まで練習だなんて聞いたことがない。第一、境内は真っ暗なんじゃないだろうか。

「そうなんだ……。大変だったね、おつかれさま」

智哉くんのつかれきった声を聞いていると、なんだかかわいそうになってくる。

すると、智哉くんは「でもさ」と弾んだ声で続けた。

「今日、初めて、声ほめられた」

「……声?」

一瞬、意味がわからなくて聞きかえしたら、智哉くんがはずかしそうにぼそぼそ答えた。

「うん、俺、声が低くてぜんぜん通らないから。もっと大きい声だせって、部活でもよく注意されるんだよね」

「ふーん……」

そんなこと、考えたこともなかった。

わたしからすると、智哉くんの声は低いぶん、ほかのさわがしい男子たちとはちがって、大人っぽくてカッコいいと思うけど。

「でもさ、やっと今日、団長に声がでるようになったってほめられたんだ」

応援リーダーに選ばれたとき、声が小さいのを注意されるんじゃないかってことが一番ネックになっていたのだそうだ。

それが、何度も練習を重ねていくうちに、徐々に声がでるようになってきて、自分でもすごくうれしいんだって。

「ふうん、意外だね」

そう言うと、智哉くんはすぐに「なにが？」と聞きかえしてきた。

「智哉くんでもそんなこと、気にするんだ。なんでもできてカンペキなのに」

「そんなことないよ！」

智哉くんがあわてたように言いかえす。

「前も言ったことあるけど、俺、字も汚いし、自分が思ってることを口にだすのも苦手だしさ。それに……」

なにか言ったみたいだけど、あとのほうが聞きとれなかった。

「え？　なに？」

わたしが聞きかえすと、智哉くんはしばらくだまったあと、ぼそりとつけ足した。

「……まつ毛が長すぎるし」

「まつ毛⁇」

智哉くんの顔を、頭のなかで思いうかべてみる。

今までぜんぜん気にしたことなんてなかったけれど、そう言われてみれば、たしかにまつ毛、長いかも。

わたしは一瞬だまったあと、ぷっと吹きだした。

「それ、気にすること？　まつ毛が長いなんて、逆にうらやましいけどな」

「気にするよ！　そりゃあ、女子なら多少まつ毛が長くてもいいかもしれないけど、男がまつ毛なんて長くても、なんにもいいことなんてない。昔からねえさんにも、動物園のキリンみたいだってばかにされてきたし」

智哉くんが、ムキになって言いかえしてきた。

その声が必死な感じがして、思わず笑ってしまった。

（うふふ、なんだかかわいい）

しばらくくすくす笑っていたら、智哉くんも受話器の向こうで、ふっと笑ったのがわかった。

「ところで莉緒ちゃん、最近忙しくて話、聞けなかったけど、『家庭科研究会』、始まったんだよね。新しい部活はどう？」

「うん、楽しいよ。先月は初めてのスイーツ試食会したの。レモンを使ったお菓子を作ったんだよ。今月は、サツマイモかカボチャでお菓子を作ってみようって話してるの。でも、今はみんな体育祭で大忙しだから、とりあえず終わってからにしようかって言ってるんだけど」

「そっか、楽しみだね」

「うん」

はりきって返事をしたものの、そこで会話が途切れてしまった。

（……ええっと、なにを話そう？）

とつぜんの沈黙に、頭のなかが真っ白になる。

次に智哉くんと話ができたら、あれも言おう、これも言おうっていつも考えているのに、いざとなったらどの話題もとたんにつまらなく感じてしまう。

放課後、ふたりで帰るときは、いっしょにいるだけでうれしくて、会話が続かなくても気まずい感じにはならないんだけど、電話だとなにかしゃべらないといけないような気になる。

それに、話が途切れたら電話をきられちゃうかもしれない。

せっかく智哉くんが電話してきてくれたというのに！

「ええっと、あのう……」

口のなかでもごもご言っていたら、

「ごめんね」

智哉くんが、小さくつぶやいた。

「最近、応援リーダーの練習が忙しくて、いっしょに帰れなくて」

「そ、そんな！　平気だよ。だって、もうすぐ本番だもん、しかたないし」

もちろん、ぜんぶウソだ。

本心は、わたしだってさみしい。

だけど、せっかく智哉くんが一生懸命がんばってるんだもん。困らせちゃだめだ。

そう思って、精いっぱい平気なふりをした。

「そっか。ありがとう。……あ、そうだ」

智哉くんは、なにか思いついたように続けた。

「せっかく電話したのに、肝心なこと言うの、忘れるとこだった。あのさ、あさって、三年生が進学説明会に出席しなきゃいけないからって、応援リーダーの練習が休みになったんだ。それでひさしぶりに部活に参加するんだけど、よかったらそのあと、いっしょに帰れないかな」

思いがけない智哉くんの言葉に、

「ウソ！　ホントに？」

つい大声がでてしまった。

（はっ！　しまった。うれしすぎて、耳もとで大声だしちゃったよ！）

わたしは、あわてて声をひそめた。

「……あ、ごめんなさい。今の、耳痛かったよね」

すると、智哉くんがぷっと吹きだす声が聞こえた。

「大丈夫。俺もひさしぶりに莉緒ちゃんといっしょに帰れるって思ったら、うれしいし」

受話器の向こうで、くすくす笑う声が聞こえた。

その声を聞いていたら、さっきまでの不安な気持ちが少しずつ晴れていく。

やっぱり、智哉くんともっといっしょにいたい！

たとえ、うまく話ができなくても。

「じゃあ、そろそろメシ食べるし、きるね」

「うん、また明日、学校でね」

わたしは、しあわせな気持ちで受話器を置いた。

「やったあ～！」

両手を広げて、ソファにぼすんとたおれこむ。

前に智哉くんといっしょに帰ったのは、夏休み前。

二学期に入ってからは初めてだ。

バスケ部は先月末に秋の大会もあって、智哉くんは応援リーダーの練習がない週末は部活で忙しかったから、デートもしていない。

ふたりきりで会えるのは、本当にひさしぶり。

（めっちゃうれしいよ～！）

クッションを抱きしめて、足をばたばたさせる。

しばらくそうしていたけれど、はっと気がついた。

「こんなことしてないで、食器を片づけて、お風呂に入んなきゃ」

わたしはソファから急いで立ちあがって、スキップしながらキッチンへとむかった。

鼻歌まじりに食器を洗っていたら、さっきまでのさみしい気持ちは、どこかへ吹き飛んでいた。

4 体育祭のジンクス

キーンコーンカーンコーン

四時間目が終わるチャイムがなった。

「以上、ここまで」

数学の先生の言葉を合図に、教室がさわがしくなる。

今から、お昼休み。

放課後までは、あと少しだ。

（うふふ、楽しみだな〜）

つい口もとをゆるめていたら、夏月ちゃんにつっこまれた。

「なによ、莉緒ったら。ひとりでニヤニヤしちゃって」

「え、なんでもないよ」

あわてて表情を引きしめる。

だってしょうがないよ。

智哉くんといっしょに帰れると思ったら、うれしくてたまらないんだもん！

勝手ににまにましてしまうのをおさえきれず、うつむきながら教科書とノートを片づけていたら、ぽんと肩をたたかれた。

「ごめん、今日もわたし、応援リーダーの昼練あるから」

お弁当袋をかかえた若葉ちゃんが、早口でそう言って教室をでていく。

「わたしも今から体育委員の打ち合わせ。お昼、いっしょに食べられないんだけど、ごめんね～！」

そのあとに続いてまいまいも、バタバタと教室からでていってしまった。よく見ると、智哉くんもすでにいない。

今日は放課後に練習ができないぶん、昼練はいつもより早い時間にあるようだ。

ほかにも、クラスで何人か教室からでていった子たちがいた。きっとなにかの係にあたっているんだろう。

（大変だなあ）

「みんな行っちゃったね」

「ホントだね。ま、ふたりだけだし、せっかくだから、お弁当食べながら家庭科研究会の打ち合わせでも軽くやっとく？」

夏月ちゃんに言われて、「うん！」と机を移動させた。

「じゃーん、今日のお弁当はいなりずしにしました〜」

「わあ、すごい。わたし、朝のトーストでサンドイッチにしちゃった」

ふたりでそれぞれ作ってきたお弁当を見せあう。

夏月ちゃんのお弁当はミニサイズのいなりずしと、あとは煮物や卵焼きがかわいらしく型ぬきしてつめてある。どれもおいしそうで、おまけにとっても体によさそう！

「すごいね、夏月ちゃん。それ、早起きして作ったんでしょ」

わたしが聞くと、

「……っていっても、これ、味つきのお揚げを買ってきて酢飯をつめただけだよ。手ぬき手ぬき」

夏月ちゃんは、照れくさそうに舌をだした。

「え〜っ、これで手ぬきなんて、すごいよお」

わたしはお母さんが仕事で忙しいから、しかたなく自分でお弁当を作っているだけだけど、夏月ちゃんは本当にお料理が好きみたい。

いつもいろいろ工夫したおかずが入ったお弁当を持ってきている。

書店で料理本をチェックしたり、インターネットで新しいレシピを検索したりするのが好きなんだって。

すごいなあってつくづく感心する。

「ま、多少作りすぎても、近所に食べてくれる人がいるからさ。ついつい調子にのってあれこれ作っちゃうんだよね」

いなりずしを口に運びながら、夏月ちゃんがほがらかに笑う。

(それって、吉村くんのことかな)

夏月ちゃんは、ぜったいそんなんじゃないって否定するけれど、一組で野球部の吉村祥吾くんと仲がいいみたい。

家がすぐ近所だから、お菓子を作ったらいつもおすそわけするんだって。いわゆる、おさななじみってやつだ。

吉村くんとはつつじ台神社の夏祭りのときにいっしょになったけど、無口であんまり笑わない感じの男子だった。

見た目からして、話しかけづらい雰囲気の子なのに、夏月ちゃんとは気軽にしゃべっていて、なんだかいい感じだなあって思っていたのだ。

(でも、少女まんがではおさななじみとの恋って、定番だよね)

からかうと、夏月ちゃんは本気でおこるから、心のなかでこっそり思う。

「それよりさ、体育祭、いよいよあさってだね。莉緒は当然、石崎くんのハチマキ、もらうんでしょ？」

夏月ちゃんに言われて、手を止める。

「え、ハチマキ？　なんで？」

聞きかえすと、夏月ちゃんはあきれ顔でわたしを見た。

「えー、莉緒ってば、もしかして知らないの？　台中の恋のジンクス」

（……ジンクス？　なんだろ、それ）

意味がわからなくてサンドイッチを手にしたまま首をかしげると、

「あのね、バレー部にいたときに聞いたんだけど」

夏月ちゃんが身をのりだして説明してくれた。

「三年の先輩たちで赤とか青のリボン、かばんにむすんでる人がいるの知らない？」

そう言われてみれば、見たことがある。持ち手のところにちょうちょむすびにしてあるやつだ。

「それがどうかしたの？」

「あれ、彼氏からもらったハチマキなんだって。それも、フツーのハチマキじゃなくて、長いハチマキじゃないとダメらしいよ。ほら、応援リーダーのハチマキってほかの子たちのより長いでしょ。で、そのハチマキを彼氏からもらえたら、永遠に仲よくできるって言われてるらしいよ。だって先輩たちがハチマキをもらったのって、きっと去年かそれより前のことでしょ？　それからずーっとかばんにつけてるってことは、そのジンクスは正しいってことじゃない？」

夏月ちゃんが力説する。

「たしかにそうだね。うわあ、ロマンチック！　なんか少女まんがみたい！」

きゃーっと思わず声をあげたら、クラス中の子たちがわたしたちに注目した。

「……ごめんなさい」

消え入りそうな声で言うと、すぐに教室にざわめきがもどった。

「んも〜、莉緒。声が大きい！」

「ご、ごめん」

ふたりで声をひそめる。

「でも、そんなジンクスがあるんだね。いいなあ。わたしももらえればいいなあ」

両手を合わせてうっとり言ったら、夏月ちゃんがぺしんとわたしにデコピンした。

「イテッ」

「まったく、なに寝ぼけたこと言ってんのよ。そんなの、もらえるに決まってるでしょ。莉緒は石崎くんの彼女なんだからっ」

「……そうかなあ」

おでこを押さえてつぶやく。

たしかにわたしは智哉くんの彼女だけど、そんないわれのあるハチマキをもらうことができるかどうか、自信なんてない。

智哉くんはこんなわたしのことを、ずっと好きでいてくれるだろうか。

二年生になっても、三年生になっても、その先もずっと……。

「どしたの、莉緒。マジな顔しちゃって。……あ、もしかして、今のデコピン、痛かった？」

夏月ちゃんが心配そうな顔でわたしの顔をのぞきこむ。

わたしはあわてて首を横にふった。

「え、あ、ちがうよ。大丈夫。ちょっと考え事してただけ！　わたし、おでこは人一倍強いの」

「人一倍……？」

夏月ちゃんに聞きかえされて、自信満々に答える。

「うん！　前にキッチンの電球に頭ぶつけたときも、わたしのおでこは無傷だったのに、電球のほうが割れちゃったし！」

すると、あきれ顔の夏月ちゃんが吹きだした。

「それ、自慢すること？」

そう言ってしばらくくすくす笑ったあと、続けた。

「わたしさあ、入学してすぐのころ、莉緒がこんな天然だって思わなかったよ」

わたしも肩をすくめて言いかえす。

「わたしだって、夏月ちゃんがこんな凶暴なキャラだなんて、思わなかったな」

「だれが凶暴よっ！」

ふたりで顔を見あわせて笑いあう。


今ではこんなに仲よくなったけれど、実はわたしたちは、入学してすぐのころ、まったく口をきいていなかった。

夏月ちゃんはそのころ、女子バレー部に入っていて、同じ部活の恒川あずみさんたちといつもかたまって行動していた。

そのグループはどこへ行くのもいっしょで、とてもじゃないけれど話しかけられる雰囲気ではなかったし、わたしもまいまい以外の子には、無意識に『話しかけないでオーラ』をだしていたところがある。

それが今ではふたりきりで部活を立ちあげ、活動するようになったなんて。

すると、
ガタン
教室のうしろでだれかがイスを引く音が聞こえた。

ふりかえると、恒川さんがお弁当袋を持ってでていこうとしているのが見えた。

（どこかにお弁当を食べに行くのかな？）

そう思って見ていたら、

「……あずみ、とうとうクラスだけじゃなくて、部活でもハブられてるみたい」

夏月ちゃんが、ぼそっとつぶやいた。

「えっ」

おどろいて聞きかえすと、夏月ちゃんが教えてくれた。

前までいっしょにお弁当を食べていた小野さんと若林さんは、恒川さんがいつもだれかの悪口ばかり言うからって、さけるようになったらしい。

それでこのところ、恒川さんはほかのクラスの女子バレーボール部の子たちとお弁当を食べていたのだそうだ。

だけど、ちょっと強引なところがあった恒川さんのことを、バレー部のなかでもよく思っていない子がいて、結局夏休み中に部活内でもめてしまい、いよいよ恒川さんは孤立してしまったらしい。それで、バレー部を辞めちゃったんだって。

「わたしは夏休み前にバレー部を辞めちゃったから、ホントのことは知らないんだけど、みんながわたしに教えてくれたんだよね。もうあずみはいないから、バレー部にもどっておいでよって」

夏月ちゃんは、食べおえたお弁当箱のふたをあけたりしめたりしながら続けた。

「でもさ、部活を辞めたのは、あずみだけが原因ってわけじゃないんだよね。なんていうか、流されてた自分がいやだったってのもあるし。それにいまさらそんなこと言われても、みんなだってあのとき、あずみの言いなりになってわたしのことハブってたじゃんとか思っちゃって」

そこで言葉をきると、夏月ちゃんはずっと動かしていた手を止めて、わたしを見た。

「わたしはそれより、莉緒とふたりで家庭科研究会やってるほうがずうっと楽しいしさ」

(夏月ちゃん……)

わたしは、照れくさそうに口をすぼめた夏月ちゃんの顔を見つめかえした。

「な〜んてね。わたしだって今でこそ、こうやって莉緒と仲よくしてるけど、最初はあずみの言いなりになってたし、人のこと、あんまり言えないんだけどね」

すると夏月ちゃんが、いきなりぴょこんと頭をさげた。

「あのときは、ホントごめんね。莉緒」

わたしは、髪をふり乱して、ぶんぶんと首を横にふった。

「謝らないで、夏月ちゃん。その話は、前にもう終わったでしょ。何度も言われたら、なんだか気まずくなっちゃうよ」

わたしが言うと、夏月ちゃんはまた頭をさげた。

「そうだね、ごめん。もう言わないよ」

「あ、またごめんって言った」

ふたりで顔を見あわせて、ふふっと笑いあう。

「でもさ〜、わたしもあずみのこと、あのままほっとくのもよくない気がして、何度か声かけようとしてるんだけど、毎回思いっきり無視されちゃうんだよねえ」

夏月ちゃんが、しょんぼりしてうつむく。

「あずみ、毎日どこでお弁当食べてるんだろう？　これでもいちおう、心配してるんだけどなあ」

（そうだったんだ）


さっき教室をでていった恒川さんの背中を思いだす。

このところ、恒川さんは休み時間ごとに教室をでていってしまう。

たまに教室にいることがあっても、恒川さんは教室の一番うしろで、みんなに背をむけ、ロッカーのほうをむいてひとり、本を読んでいる。その背中は、『だれもしゃべりかけてこないで』って訴えているように見える。

（でも、本当にそうなのかな……）

ひとりぼっちの心細い気持ちは、わたしにも痛いほど覚えがある。

まして、以前までたくさんの友だちに囲まれていた恒川さんにとっては、本当につらいことなんじゃないだろうか。

今、いったいどんな気持ちで毎日学校に来ているんだろう。

想像すると、胸が痛む。

「夏月ちゃん、恒川さんと、また前みたいに話ができたらいいのにね。……そしたら、わたしも友だちになれるかな」

そう言うと、夏月ちゃんは目をまんまるにしてから、ぱっとわたしの両手をつかんだ。

「んもう、莉緒ってばマジ天使！　大好き！」

そう言って、がばっとハグしてくる。

「えっ、えっ、なに？　どしたの？」

とつぜん抱きしめられて、顔がカーッと赤くなる。

「ちょっと、夏月〜。なにやってんの」

「辻本さん、ドン引きしてるって」

はなれた席でお弁当を食べていた小野さんと若林さんが、笑いながら声をかけてきた。

「だって、莉緒がいい子すぎて、わたし今、感動してるんだってば」

夏月ちゃんの言葉に、教室にのこっていたほかの女子たちもあははと笑いだす。

あたりをつつんだ笑い声に、ふいに泣きそうになる。

入学したばかりのあの日、自分がみんなといっしょに笑いあえる日が来るなんて、思ってもみなかった。

半年前、教室の片すみで、不安な気持ちでいっぱいだったわたしに教えてあげたい。

心配しなくても、大丈夫。

すぐに大切な友だちができるよって。

こんなとこでいきなり泣きだしたら、きっとみんなに引かれちゃう。

わたしはそっと目じりをぬぐって、みんなに負けないように大きな声で笑った。

5 破られた約束

「きりーつ」

日直のかけ声に、みんながけだるそうに立ちあがる。

六時間目のあと、ホームルームが終わって、おまちかねの放課後。

智哉くんの部活が終わるまではしばらく時間があるから、図書室で宿題でもしておこう。

それから、トイレで髪形を整えてリップクリームを塗っておかなくちゃ！

うきうきしながら教科書をかばんに入れていたら、すでに帰りの準備を終えた智哉くんがかばんをかついで立ちあがり、わたしのほうをふりかえった。

ばちんと目が合うと、

『あとでね』

声をださずに、くちびるだけでそう言った。

わたしも、小さくうなずきかえす。

（えへへ、うれしいな）

思わず顔がほころんでしまう。

すると、すかさずとなりにいたまいまいに指摘された。

「おや〜？　莉緒ったら、今日はいったいどうしちゃったの？　朝からずっとニヤニヤしどおしじゃん」

「ほ〜んと、しかも今、石崎くんとなぞの交信してなかった？」

いつの間に見ていたのか、夏月ちゃんまでするどいツッコミを入れてくる。

そばでふたりの会話をだまって聞いていた若葉ちゃんが、ぽんと手を打った。

「あ、そっか。今日、応援リーダーの練習、ないもんね。もしかして、石崎くんといっしょに帰るの？」

ズバリ聞かれて、顔が熱くなる。

「……う、うん。実は、そうなの」

消え入りそうな声で答えると、とたんにまいまいと夏月ちゃんがひゃーっと声をあげた。

「ちょっと、どうなってんの、莉緒」

「そうだよ、おとといまで『いっしょにいる時間がない～』とか言って落ちこんでたのに、いつの間にそんな約束したわけ？」

ふたりに問いつめられて、正直に白状する。

「えへへ。おとといの晩、『いっしょに帰ろう』って電話がかかってきたんだ」

「やっぱ、ふたり、ラブラブじゃあん」


実は昨日の晩、智哉くんにわたすためのクッキーを焼いた。あさっての体育祭、智哉くんが大きな声で演舞ができますようにって願いをこめて。

（ホントは学校に持ってきちゃいけないんだけど、先生にばれなきゃいいよね）

智哉くん、喜んでくれるかな。

わたす前に割れてないかチェックしとかなきゃ。

まいまいと夏月ちゃんに冷やかされながら、頭のなかでそんなことを考えていたら、

「ともちーん」

ざわめく教室のなか、ひときわとおる声がした。

（……もしかして）

すぐに教室の入り口を見る。

思ったとおり、かばんを持った柴田先輩が入ってきて、一直線に智哉くんの席へとかけ寄った。

（え～、今日は練習がないはずなのに、なんで柴田先輩が来るの？）

唖然としてふたりの様子を見る。

柴田先輩は、身ぶり手ぶりで智哉くんになにか話している。それを智哉くんが真剣な顔で聞いている。

（いったい、なにをしゃべってるんだろう？）

気になるけれど、まわりの声がうるさくて、わたしのところまでは聞こえてこない。

ふたりはしばらくの間話しこんでいたけれど、石崎くんはふうっと息をついてから、わたしのほうをふりかえった。

申し訳なさそうな顔。

なんだかいやな予感がする。

「莉緒ちゃん、ちょっといい？」

そう言われて、まいまいたちの顔を見る。

「あ、うん……」

おずおずとうなずく。

智哉くんにうながされるように、教室の外へでる。

「ごめんね、今日、いっしょに帰れなくなった」

(……やっぱり！)

わたしはきゅっとくちびるをかみしめてから、声がふるえないようにゆっくりと言った。

「どうして？　今日は練習、ないって言ってたのに」

「そうなんだけど、俺……」

そこまで智哉くんが言いかけたところで、

「ともちん！」

教室から、柴田先輩の声が飛んできた。

ふりかえると、いつの間にか智哉くんの席に座っていた柴田先輩が、腕組みをしてこちらをにらんでいる。

「早くしないと時間ないよ！　わたし、待ってるんだからね」

「……あ、すみません」

智哉くんは先輩にむかって頭をさげると、

「ごめんね、ホント。また別の日にしてもらっていいかな」

わたしの顔をのぞきこんで、早口でそう言った。

（別の日っていつ？　どうして先輩の言いなりになっちゃうの？）

言いたいことは、山ほどある。

だけど、言えなかった。

智哉くんが困っているのがわかったから。

「……じゃあ、俺、バスケ部の顧問と先輩に今日も欠席しますって言いに行かなきゃいけないし、ここで。本当にごめんね」

智哉くんはそう言うと、足早に廊下をかけていった。

（そんなあ……）

しょんぼりしながら教室にもどると、まいまい、夏月ちゃん、それから若葉ちゃんがわたしを取りかこんだ。

「石崎くん、なんて？」

真剣な表情で聞いてきたまいまいの顔を見たら、なんだか泣きそうになってしまった。

わたしはぱっと目をそらし、無理やり笑った。

「……なんかね、都合が悪くなったみたい」

「都合ってなによ」

「応援リーダーの練習、ないんじゃないの？」

若葉ちゃんと夏月ちゃんも自分のことみたいにおこっている。

「……わかんない。でも、智哉くんがそう言うし」

言葉少なに聞いたことだけを伝えると、

「もう、あったまきた！」

まいまいがそう言って、ずんずんと柴田先輩のほうへむかっていった。

「えっ、ちょっ……、まいまい？」

おどろいている間もなく、まいまいは柴田先輩の前に立ちはだかり、ぐいっとにらみつける。

「あの！　今日、応援リーダーの練習、お休みなんじゃないんですか？」

教室の空気が一瞬止まる。

鏡を見ながら前髪を整えていた柴田先輩が顔をあげ、まいまいの顔をじいっと見た。

「あなた、だれ？」

「……わっ、わたしは、林麻衣といって、このクラスの体育委員で！」

まいまいの言葉に、柴田先輩はイスを引いて立ちあがる。

「で、体育委員のあなたが、わたしにいったいなんの用？」

先輩はそう言うなり、まいまいにぐいっと顔を近づけた。

「ええっと、だからわたしは、莉緒の親友でぇ、それで先輩が石崎くんにぃ」

先輩に至近距離で見つめられ、すっかりテンパったまいまいは、なにを言っているのかわからない状態になってしまった。

「はちゃあ〜、まいまい、あの先輩に押されちゃってるよ」

わたしのとなりで、夏月ちゃんがため息をつく。

すると、若葉ちゃんがつかつかとふたりのほうへと歩いていった。

「楓先輩、いいですか？」

「あらあ、若葉ちゃん。どしたのお？　そんなこわい顔して」

柴田先輩は、笑顔でふりかえった。

「今日は青団の練習、お休みですよね。わたし、そう聞きましたけど」

若葉ちゃんは冷静にたずねながらも、まいまいと柴田先輩の間にさりげなく割りこんでいく。

だけど柴田先輩はまったく動じる様子もなく、「うん、そうだよ〜♪」と歌うように答えた。

「じゃあ、どうして石崎くんを誘いに来たんですか？　もしも練習をするのなら、わたしも同じクラスの応援リーダーとして、いっしょに参加します」

若葉ちゃんがきっぱりそう言うと、柴田先輩は長いまつ毛を何度も瞬かせた。

「うーん、せっかくだけど、若葉ちゃんはいいや」

「……えっ」

若葉ちゃんが一瞬ひるむ。

「でもさ、ともちんはもうちょっとがんばってもらわなきゃなーって思ってる。……わたしの言いたいこと、若葉ちゃんならわかるよね？」

そう言われて、若葉ちゃんはなにかを考えるみたいにしばらくの間だまりこんだ。

「それっていけないことかな？」

柴田先輩が、若葉ちゃんにむかって首をかしげる。

「いけないってわけじゃないですけど……」

さすがの若葉ちゃんもそれ以上なにも言えなくなったみたいだ。言葉をにごして、あとずさる。

すると、まいまいがまた元気を取りもどしたようで、キッとまゆをつりあげた。

「あのですね、今日、莉緒は石崎くんといっしょに帰る約束してるんです！　ふたり、つきあってるんですっ！」

鼻息荒く柴田先輩に言いかえした。

柴田先輩は若葉ちゃんから視線を移し、またもや、じーっとまいまいを見つめてから、長い息をはいた。

「……で、それがなに？」

まいまいの顔が、耳の先まで赤くなる。

「なにって、だからあ！」

まいまいの言葉をさえぎるようにして、柴田先輩がこともなげに言いかえした。

「あなたがその『莉緒ちゃん』じゃないんでしょ？　文句があるなら自分で言えばいいのに、友だちに言わせるなんて、へ～んなの」

そう言って、ちらっとわたしのほうを見る。

まるで、ばかにするみたいに。

（え……、そんなつもりじゃなかったのに）

その表情を見て、心臓をぎゅっとわしづかみにされたような気がした。

なにか言おうと思っても、なにを言えばいいのかわからない。

「はあ〜？　そんな言い方ってあります？」

すっかり頭にきた様子のまいまいが、今にもつかみかからんばかりの勢いで、また柴田先輩に言いかえす。

柴田先輩は、イスに座りなおし、手に持っていた手鏡をかばんに入れてから、まいまいのほうにむきなおった。

「あなたがあの子の友だちだってのはわかるけど、そういうの、おせっかいっていうんだよ。そういうことしてると、男子に嫌われちゃうよ？」

「ムガーッ！　男子は関係ないでしょおおお！」

「まいまい、落ちついてっ」

じたばた暴れるまいまいを、若葉ちゃんがうしろからかかえこむ。

「あのさ」

そう言って、柴田先輩がわたしを見つめた。

「体育祭まで時間がないの。悪いけどわたしたち、真剣なんだ。あなたがともちんといっしょに帰りたいとかそういうの、どうでもいいから」

すると、それまでまいまいを制止していた若葉ちゃんがぱっと手をはなし、柴田先輩にむかって頭をさげた。

「わかりました。すみません、よけいなこと言って」

「えっ、ちょっと、なるたん……！」

まだ文句を言いたりなそうなまいまいが、あわてた様子で若葉ちゃんを見る。

「ほら、いいから、行くよ」

若葉ちゃんがまいまいの腕をつかんで、こっちにもどってきた。

「すみません、遅くなりました」

そこへ、智哉くんがかけこんできた。

教室内を漂う険悪な空気に、とまどったようにわたしと先輩を見くらべる。

「あ、ともちん、おかえり〜。部活休みますって言ってきた？」

柴田先輩がかばんを持って立ちあがる。

「はい。あの……」

柴田先輩は、なにか言おうとする智哉くんの腕を取り、

「じゃ、早く行こ。こんなとこで時間使ってちゃ、もったいないし～」

そう言って、大きな歩幅で歩きだした。

引きずられるようにして、智哉くんも教室をでていく。

廊下の窓から、智哉くんがもう一度わたしのほうをふりかえって、右手をあげた。

『ホント、ごめん』

智哉くんの口の動きで、そう言っているのはわかったけど、わたしはうなずくことができなかった。

6 わたせなかったクッキー

智哉くんと柴田先輩が教室からでていくと、さっきまで時間が止まったように静まりかえっていた教室が、またざわめきを取りもどした。

みんな、きっと今の一部始終を見ていただろう。

あちこちでおもしろおかしくうわさされちゃうかもと思うと、げんなりする。


「なによ、あれ〜〜〜っ！」

まいまいが、くやしそうにその場でじだんだを踏む。

「いくら先輩だからって、あの言い方、あの態度、めっちゃムカつく！」

「いやあ、まいまい、すごいね。先輩によくあんなこと言えたねえ。マジで感心した！」

今までの様子をだまって見ていた夏月ちゃんが、まるで小さい子にするようにまいまいの頭をなでた。

「だって、ムカつくじゃん！　ってか、なでないでよっ！　ヘアスタイルが乱れる！」

機嫌の悪いまいまいが、夏月ちゃんの腕を払いのける。

「莉緒、ごめんね。石崎くんのこと、救出できなかった」

まいまいが、両手を合わせて頭をさげる。

「えっ、そんな。こちらこそ、ごめんね。まいまいにいやなこと言わせたりして。わたしが言わなきゃいけなかったのに」

うつむいて、スカートのすそをぎゅっとつかんだ。

くやしいけれど、さっき柴田先輩に言われたとおりだ。

智哉くんをつれていかれるのがいやなのなら、わたしが自分で抗議しなきゃいけなかったのだ。

なのに、言えなかった。われながら、情けない。

「そんなの、莉緒が言えるわけないじゃん。いいんだよ、わたしが勝手におせっかいやいただけなんだから。しかしまあ、あの先輩、ホントすごいね。あれだけ言っても、ぜんぜんへこたれてないし」

　まいまいが、あきれたように言うと、夏月ちゃんがうなずいた。

「ほ〜んと！　ぜんぜん悪気ない感じなのが、またびっくりだよねえ」

「っていうかさ、石崎くんもなんであの先輩の言いなりなんだろ。莉緒と約束してるんだから、はっきり断ればいいのに」

　そう言ってから、まいまいがはっとしたように口を押さえた。

「……あ、ごめん。よけいなこと、言っちゃった」

　まいまいがそう言って謝ってくれたけど、わたしは無理やり笑顔をつくった。

「ううん。平気」

　言いながら、顔が引きつっているのが自分でもわかる。

（智哉くん、やっぱりわたしより柴田先輩のほうがいいのかな）

　そりゃあそうだよね。

　先輩のほうがおしゃべりも上手だし、いっしょに応援リーダーの練習もできる。わたしといても、なんにもいいことなんてない。

すると、ずっとだまっていた若葉ちゃんがつぶやいた。

「あのさ、もうちょっと石崎くんのこと、信じてあげたら？」

「えっ」

おどろいて、顔をあげる。

(若葉ちゃん、どうしてそんなこと、言うの？)

わたしだって智哉くんのことを、信じたいって思ってる。

だけど、その気持ちが揺らぐようなことをしているのは、智哉くんのほうだ。

なにも言いかえせず、だまっていたら、若葉ちゃんはまるでわたしの心の奥をのぞくようにじっと見つめた。

「石崎くん、がんばってるよ、本当に」

わたしは若葉ちゃんの視線に耐えきれず、うつむいた。

「……うん、わかってる」

ウソだ。

今のわたしは、智哉くんの気持ちが信じられなくなってる。

そして、自分のことも。

「あ〜〜っ、でも、やっぱムカつく！」

まいまいが、イスに座りこみ、ぐしゃぐしゃと自分の髪をかきむしった。

「ちょっとまいまい。そんなことしたら、ヘアスタイルが乱れるどころか、爆発するよ！」

夏月ちゃんがすかさずつっこむ。

すると、廊下から男子の声がした。

「おーい、林。まだ委員会、行かねえの〜？」

「はっ！　そうだった。今日、わたし委員会あるんだった！」

机の上にたおれこんでいたまいまいが、がたーんとイスを引いて立ちあがる。

だれだろうと廊下を見ると、六組の五十嵐くんが立っていた。

「なにしてんだよ、ほら、行くぞ」

「うるさいなあ、わかってるって。じゃ、ごめんね。先行くね！」

まいまいは机の上に散らばっていた教科書やペンケースをものすごい勢いでかばんに放

りこむと、ぼさぼさの髪のまま、あわてて教室をでていった。

「まったく、忙しい子だねえ」

若葉ちゃんがあきれたように息をつく。

すると、夏月ちゃんが声をひそめた。

「あのさ、前から思ってたんだけど、六組の五十嵐くんって、ひょっとしてまいまいのこと、好きなんじゃやない？　教室遠いのに、いっつも誘いに来るよねえ」

すかさず若葉ちゃんが、ぴしゃりと言いかえす。

「なに言ってんの。まいまいには、小坂がいるでしょ！　まったく夏月ってば、す〜ぐそんなこと言うんだから」

「だってえ〜っ！」

智哉くんの話題なんてすっかり忘れてしまったように、言いあいをはじめたふたりの声をどこか遠くで聞きながら、わたしは手作りのクッキーをかばんの奥に押しこんだ。

「じゃあね、莉緒。落ちこんじゃダメだよ〜！」

坂道の手前の角で夏月ちゃんと別れ、わたしはとぼとぼと家へと帰った。

「……ただいま」

リビングにむかって声をかけるけど、もちろんだれもいない。

カーテンをあけたままのリビングには西日が射し、フローリングの床の上にレース模様のかげを落としていた。

(あ～あ、今日は智哉くんといっしょに帰れると思ってたのにな)

制服のまま、ぼすんとソファにたおれこむ。

体育祭まで、もう日にちがないってことはわかっている。

智哉くんが、夏休み明けからずっと応援リーダーをがんばっていることも知っている。

だけど、いっしょに帰りたかった。

そう思うことは、わがままなんだろうか。

「……だいたい、智哉くんは柴田先輩の言うことを聞きすぎなんだよ」

だれもいないリビングに、わたしの低い声がひびく。

『今日は約束があるから行けません』って言ってほしかった。

そしたら、わたしも自信が持てたのに。

頭のなかで、柴田先輩と智哉くんの姿を思いうかべる。

スタイルがいい柴田先輩と、高校生みたいに大人っぽい智哉くんがならぶと、ものすごく似合ってる。

智哉くんは、わたしと同じでおしゃべりが得意じゃない。

柴田先輩は明るいし、よくしゃべるし、わたしみたいに暗くて陰気じゃないから、いっしょにいて楽しいのかもしれない。

だから、体育祭なんて口実で、本当は……。

わたしは、クッションを引き寄せてぎゅっと抱きしめた。

「あ〜、だめだっ！」

わたしは勢いよく起きあがった。

ひとりでいると、どんどん、マイナス思考におちいってしまう。

「そうだ、こういうときはまんがでも読んで……！」

かばんから、智哉くんにわたすはずだったクッキーを取りだす。

せっかく割れないように気をつけてラッピングしたのに、粉々になっていた。まるで、今のわたしの気持ちみたい。

「ふーんだ、クッキーだって食べちゃうもんね！」

だれにともなくそう言うと、むしゃむしゃ食べはじめた。

そして昨日読みかけのまま、テーブルにのせておいたまんが雑誌を開く。

だらしなく寝っ転がったまましばらくページをめくっていたけれど、ぜんぜん頭に入ってこない。

「あ〜あ、つまんない」

雑誌を閉じて顔をあげると、さっきまで西日が射していたというのに、いつの間にかカーテンの向こうが闇に沈んでいた。

レースのカーテン越しにベランダを見ると、薄闇に洗濯物が浮かびあがっている。

（……はっ、また洗濯物取りこむの、忘れるとこだった。せっかくかわいたのに、冷えちゃう！）

どっぷりと落ちこんでいるというのに、洗濯物の心配をしてしまう自分が悲しい。

しぶしぶベランダにでて、干しておいた洗濯物を取りこむ。

お母さんは、今日も遅いと言っていた。

春に配属が変わって忙しくなったのはわかるけど、働きすぎじゃないのかなあって心配になるくらいだ。

洗濯物をかかえて、すみれ色に染まる空を見上げる。

カーテンをしめれば、また、わたしの嫌いな時間が始まる。

空にはすでに、小さな星がいくつか瞬いていた。

天気予報では、今週はずっと天気がいいらしい。

あさっての体育祭も、お天気がよさそうだ。

智哉くんは、わたしをひとりぼっちの世界から救いだしてくれた王子さま。

だけど、その智哉くんも、体育祭に夢中でわたしのさみしさに気がついてくれない。

(早く、体育祭なんて終わっちゃえばいいのに)

わたしは洗濯物を乱暴にリビングに放りこみ、勢いよくカーテンをしめた。

（はあ～あ、晩ごはんはなににしようかなあ）

マンションのエレベーターのなかで、盛大にため息をつく。

洗濯物をたたんだあと、晩ごはんの買い物に行くのを忘れていたことに気がついた。

さっきクッキーも食べちゃったし、おなかもあんまり減ってないけど、ごはんの用意をしていないと、お母さんになにかあったのかと怪しまれてしまうかもしれない。

（どうせお母さん、今夜も遅いし、明日は体育祭の前日準備でお弁当もいらないから、もうお惣菜売り場のコロッケとかを買っちゃおうかなあ）

小さいころから料理をするのがあたりまえだったし、いつもはそんなに苦にはならないんだけど、今日だけはどうしても作る気になれない。

（まっ、そんな日があってもいいよね）

一階まで降り、エントランスホールから外へでる。

ふいに吹きぬけた風が制服のスカートから伸びた素足をなでていき、ひやっと感じた。

マンション前の植えこみにある外灯がついている。

見上げた空は、明らかに夏の夜空とはちがった。

制服の長袖シャツ一枚だと、たよりないくらいだ。

（カーディガン、はおってくればよかったかな）

そう思いながら、エコバッグを揺らして歩きだしてはっとした。

交差点にむかうゆるい坂道の先にふたつのかげが見えた。

街灯の明かりに目を凝らしてみる。

背の高い男子と、スタイルのいい女子のふたりづれ。

制服姿の智哉くんと、柴田先輩だ。

（えーっ、今まで練習してたの？）

さっき家をでるとき時計を見たら、七時をずいぶんまわっていた。

完全下校の時間はとっくに過ぎているし、また今日もつつじ台神社で練習してたんだろうか。

そう思ったとき、ふいに気がついた。

この道は、中学校から続く一本道だ。まわりにはだれもいない。

（もしかして、ふたりだけだったの？）

どんどん遠ざかっていくふたりのかげに、声をかける気にもなれず、だからといってこのまま見送るのもしゃくで、距離を取ってあとを追う。

柴田先輩は笑いながら、智哉くんになにかしゃべりかけている。

あっ、また智哉くんの腕をさわった。今度は肩。

なんでいっつも、あんなにべたべたボディタッチするんだろう。

それに、顔を近づけすぎ。

智哉くんも、いやじゃないのかな。

しばらくの間、やきもきしながら見ていたら、ふたりは大通りの交差点で足を止めた。

どうやら、信号に引っかかったみたいだ。

(どうしよう、このまま行くと、追いついちゃう)

しかたなくわたしもその場で立ちどまる。すると、とつぜん、柴田先輩がうしろをふりかえった。

「あっ」

どきっとして身をすくめたら、柴田先輩はわたしの視線を一瞬とらえたあと、顔をしかめて、べえーっと舌をだした。

「……ええっ？」

思わず声をだす。

そして、また髪をひるがえして前をむくと、智哉くんの腕にもたれかかった。

「……ちょっ！」

引きとめようとするけれど、足が動かない。

こういうとき、なんて言えばいいの？

『わたしの彼氏に手をださないでください！』とか？

でも、それを見て智哉くんはどう思うだろう？

勝手にあとをつけてきて、やきもちやきのいやな女って思われないだろうか。

(で、でも、わたしべつにあとをつけようとしたわけじゃなくて、買い物に行こうとしたらたまたまふたりを見かけただけだし)

わたしがひとりであれこれ考えている間に、信号が青に変わった。

ふたりはわたしを置いて、そのまま駅のほうにむかって行ってしまった。

智哉くんの家は、駅前のマンションだ。柴田先輩もおなじ方向なんだろうか。

このままあとをつけようかと思ったけど、それじゃあ本当のストーカーみたいだと思いなおしてやめておいた。

とぼとぼと坂道をくだり、さっきまでふたりがいた信号の前に立つ。

柴田先輩は、智哉くんのことが好きなんだ。

だからさっき、わたしにわざと見せつけるようなことをしたんだ。

ぜったい、そうに決まってる。

はあっと大きく息をはくと、肩にかけていたエコバッグが力なく地面にすべり落ちた。

(もう、どうしたらいいか、わかんないよ)

7 初めてのケンカ

晩ごはんのあと、ソファに寝っ転がってふて寝していたら、テーブルにのせたスマホがファンと音を立てた。

起きあがってホームボタンを押すと、

『え〜っ、そんなことがあったんだ』

画面に、まいまいからのメッセージがぽんと浮かんだ。

（あ、返事来た）

買い物からもどって、さっき見かけたふたりの様子をまいまいにだけは報告していたのだ。すぐにまいまいへ返事をする。

『やっぱり、智哉くん、わたしなんかより柴田先輩のほうがいいのかなあ』

自分で書いたメッセージの文面に、じわっと涙が浮かぶ。

『そんなわけ、ないって！』

『小坂からそんな話、一言も聞いてないし』

『気にしすぎちゃだめだよ』

連続して、まいまいからのメッセージが画面にあらわれる。

すぐに返事をしようと操作を始めたら、
ファン
まいまいの好きなキャラクターが、応援団の格好で旗をふっているスタンプが画面に浮かびあがった。

『元気だせ！』

ふっとそのスタンプを見てほほえむ。

さっき、夏月ちゃんと若葉ちゃんからも、励ましのスタンプが届いていた。

『がんばれ』

『ファイト！』

ほかにはなんにも書いていなかったけど、きっとふたりも、今日、わたしが落ちこんでいたことを心配してくれているにちがいない。

みんな、気にかけてくれてるんだなあと思うと、ちょっとだけ元気がでた。

わたしは画面を見て、くまが頭をさげているスタンプを押した。

『ありがとう』

（さあ、いつまでも寝っ転がってないで、そろそろ食器でも洗おうかな……）

そう思うけど、元気がでない。

リリリリリン
そのとき、スマホの着信音がリビングになりひびいた。テーブルの上で、スマホが振動する。

液晶ディスプレイには、すっかり暗記してしまった番号がならんでいた。

（……智哉くん！）

焦る気持ちで、通話ボタンを押す。

「もしもし……？」

「莉緒ちゃん？　俺」

スマホからは、いつもと変わらない智哉くんの声が聞こえた。その声に、ホッとする。

「今日、ごめんね。約束してたのに、いっしょに帰れなくて」

智哉くんの申し訳なさそうな声に、どう答えればいいのかわからず、「……ううん」とあいまいに返事をした。

「体育祭が終わったら、また前みたいにいっしょに帰れると思うから。ホント、ごめん」

今度は返事すらできなかった。

なにか言えば、涙がこぼれそうだったから。

体育祭さえ終われば、何事もなく元の生活にもどれるのかな。

だけど、わたしの頭のなかには、智哉くんの腕にもたれかかる柴田先輩の姿が焼きついてはなれない。

「明日は体育委員総出で前日準備があるし、そのあと、最後の打ち合わせがあるから塾も休まなきゃいけないんだ。あさってはいよいよ本番だもんね。でも、天気はよさそうだし、とりあえずホッとしてるよ」

わたしがだまっているからか、いつもは無口な智哉くんがめずらしくよくしゃべる。

「あのさ、夏休み明けから、ずっと練習してきたけど」

ずっとだまりこんでいるわたしにかまわず、智哉くんが続ける。

「このところ、自分でもちょっと声がでてきたかなって思うんだ。これも楓さんのおかげかな」

智哉くんの弾んだ声に、心臓をぎゅっとつかまれたような気持ちになる。

「柴田先輩のこと、楓さんって呼んでるの？」

そう聞いたら、智哉くんは悪びれる様子もなく答えた。

「うん、そう呼べって言われたし」

ただの先輩なのに、どうして名前呼びしなくちゃいけないの？

智哉くんはおかしいと思わないの？

そんなに楽しそうに話をされると、ついうたがってしまう。

本当にわたしのこと、好きなの？

もしかしたら、先輩のほうが……。

スマホを持つ手に力がこもる。

「あの……」

一度くちびるをなめてから言葉を続ける。

「今日って、柴田先輩と智哉くん、ふたりだけだったの？」

智哉くんがスマホの向こうで一瞬だまる。

「そうだけど……。どうして？」

「なんで智哉くんだけ、なのかな。同じクラスには、若葉ちゃんもいるのに。それに同じ青団の一年生なら、四組の応援リーダーの子たちもいるよね」

慎重に、言葉を選んで言ってみる。

智哉くんはしばらくだまってから、ゆっくりと答えた。

「鳴尾さんも四組のふたりも、わざわざ特訓受けなくても、ちゃんと声、だせてるからじゃないかな」

「ホントに、そうかな？」

もう、これ以上言っちゃダメだ。

頭のすみではそう思うのに、今まで言えずにためこんでいた言葉が、どんどん口からあふれだしていく。

「智哉くんだけができてないなんて、ありえないよ。ぜったいおかしい。そんなの口実に決まってる」

「えっ、そんなことないって。俺、ホントにみんなより声がでてなくて……」

「智哉くん、わかってないよ！」

ついカッとなって、強い口調で智哉くんの言葉をさえぎる。

「柴田先輩は智哉くんのこと、好きなんだよ。だからあれこれ理由をつけて、呼びだすんだよ。それしか考えられないじゃない。それに、智哉くんだって……！」

「……俺？　俺が、どうかした？」

智哉くんの問いかけに、わたしはずっと心の奥にしまいこんでいた言葉を投げつけた。

「智哉くんだって、柴田先輩といるほうが楽しいんでしょう？　わたしなんかといても、おもしろくないもんね！」

思わず声を荒らげて、はっとする。

智哉くんは、スマホの向こうでだまりこんでいる。

(どうしよう、こんなこと、言うつもりじゃなかったのに……！)

いまさらながら、自分が言ってしまった言葉の意味に足がふるえる。

訂正しようか。

でも、どうやって？

一度口からでてしまった言葉は、なかったことになんてもうできない。

コチコチコチ

リビングの壁時計の音が、やけに大きく聞こえる。

ずっとだまりこんでいた智哉くんが、押しころした声でつぶやいた。

「……莉緒ちゃん、もしかして、今までずっとそう思ってたの？」

(ずっと、っていうか……)

夏休みが明けるまでは、そんなこと、思わなかった。

つきあいだしたころ、まだ『彼女』になりきれていなかったあの日、遊園地の観覧車で智哉くんがわたしに言ってくれた言葉。

『辻本さんには、自分が気がついていないだけで、たくさんいいところがある』

あの言葉に、わたしはどれほど救われただろう。

真っ青な空に浮かぶ、色とりどりの風船たちを見上げて、わたしの手をにぎってくれた智哉くんの手のぬくもり。

なんのとりえもないわたしのことを、王子さまみたいな智哉くんが好きだと言ってくれた。そのおかげで、ちょっとだけ自分に自信を持てるようになったと思ったのに、ぜんぶぶちこわしにしたのが、柴田先輩だ。

わたしの持っていないものをすべて持っている柴田先輩を見ていたら、どんどん不安になってしまう。

「俺、莉緒ちゃんといるとき、そんなにつまらなそうな顔してた？」

「そういうわけじゃ……！」

どう答えようか迷っていたら、智哉くんが小さく息をつくのが聞こえた。

「俺、莉緒ちゃんに信用されてなかったんだね」

「……えっ」

そんな風に言われるとは思わなかった。

わたしはただ、自分よりも柴田先輩を優先されたことが悲しかったって伝えたいだけなのに。

「ち、ちがうの。わたし、智哉くんのこと……！」

あわてて言い訳しようとしたけれど、

「わかった。……じゃあね」

智哉くんはそう言いすてると、ぷつんと電話をきってしまった。

ツーツーツー
断続的な電子音が聞こえる。
わたしはスマホを持ったまま、力なくその場に座りこんだ。
どうしよう。
智哉くんのこと、おこらせちゃった。

こんなはずじゃ、なかったのに。

ぶわっと目の前の景色がにじむ。

わたし、取りかえしのつかないことしちゃった……！

（どうしよう、どうしよう）

すぐにまいまいに相談しようとスマホをかまえたけど、画面に落ちた涙のせいで、指が滑ってボタンを押せない。

「……うっ、うっ、うわあん」

スマホをソファに放りだし、ひざをかかえて泣きだした。

だれもいないリビングに、わたしの泣き声がやけに大きくひびいた。

8 仲なおりができなくて

朝、目が覚めたらまいまいから、先に学校へ行くとメッセージが入っていた。

（そういえば、前日準備があるって言ってたっけ……）

ベッドに寝っ転がったまま、ぼんやりスマホの画面を見る。

今日、どんな顔で智哉くんと顔を合わせたらいいんだろう？

そう思っていたら、スマホの画面がふっと消えた。

真っ黒になった画面に、パンパンに目が腫れたわたしの顔がうつる。

「なにこのぶさいくな顔」

飛びおきて、机の上の鏡をのぞく。

「ふわあ、腫れてるよ……」

昨日の晩、泣きながら、しかも枕に顔を押しつけたまま眠ってしまったようで、ひとえまぶたになっている。

(はあ〜、サイアク。今日はもう、学校に行きたくないなあ)

どんよりした気持ちで洗面所へむかい、つめたい水でざぶざぶ顔を洗ってみる。気のせいか、さっきよりちょっとだけましになったような気がする。

(いちおう、蒸しタオルでもあててみるか)

そう思ってキッチンへ入ると、ラップをかけたお皿がひとつぽつんと置いてあった。

「……なにこれ」

お皿の下に、メモがそえてある。

『莉緒へ。急に思いたち、クロックムッシュを作ってみました。母』

(なんだろ、急に。いつも朝ごはんの用意なんてしてないのに)

冷蔵庫を見ると、昨日の夜、ラップをかけて置いておいたコロッケはなくなっていた。

食器もきちんと洗ってある。

昨日、わたしが起きている間には、キッチンの音に気がつかなかったから、お母さんは昨日も遅かったみたい。

だけど、もう出勤したようだ。リビングのテーブルの上に朝刊が置いてある。

わたしはもう一度メモを読みかえし、ラップをはずした。

まだ少しぬくもりがのこっている。ふわっと鼻先にトーストの香りがした。

お母さんは気取って『クロックムッシュ』なんて呼んでいるけれど、ただハムとチーズをはさんだだけのトースト。

だけど、わたしはこれが大好きだった。

保育園のころ、お母さんとはなれるのがいやでべそをかいていたら、朝ごはんによく作ってくれたっけ……。

そこで、はっとした。

(お母さん、もしかしてわたしが昨日落ちこんでたこと、知ってたのかな)

そう思いかけて、首をふる。

昨日、お母さんが帰ってきたころ、わたしはもう寝ていたはず。

もしかしたら明日、体育祭に行けないことを悪いと思って、作ってくれたのだろうか。

(そんなの、気にしてないのに)

わたしはふっと息をはき、お皿を持ってテーブルに移動した。

「ま、いっか。これ食べて、学校行こうっと」

つめたい牛乳と、キウイフルーツ。

それからお母さん特製のクロックムッシュ。

「いただきます」

わたしはひとりでそう言って、パチンと手を合わせた。


(……とはいっても、やっぱり気まずいなあ)

蒸しタオルをまぶたにあてたおかげで、目の腫れはすっかり引いたけど、やっぱり教室に行くのには勇気がいる。

おそるおそる教室へ足を踏みいれたけど、智哉くんの姿はなかった。若葉ちゃんや、運動部の子たちの姿もない。

(あ、そっか。みんな、前日準備で忙しいって言ってたもんね)

拍子ぬけして自分の席につくと、夏月ちゃんがわたしの前の席に座った。

「おはよ、莉緒。どう？　元気でた？」

「……あ、うん」

そういえば、昨日の智哉くんからの電話のことは、まいまいにしか言っていない。言おうかどうしようか迷っていたら、夏月ちゃんがふいに顔をあげた。

「あずみ、おはよう」

その声に、わたしも顔をあげる。

教室に入ってきた恒川さんは、夏月ちゃんの声が聞こえたはずなのに、知らん顔でわたしたちの横をすりぬけて自分の席へとむかった。

「あ〜あ、また無視されちゃった。……ま、しょうがないね」

夏月ちゃんが、おどけたしぐさで肩をすくめる。

わたしはそっと恒川さんを見た。

いつものように、こちらに背をむけて本を読んでいる。

(恒川さん、本当に夏月ちゃんと仲なおりしたくないって思ってるのかな……)

夏月ちゃんのことを徹底的に拒否しているように見えるけれど、わたしにはその背中が、悲鳴をあげているように感じられた。

（本当は、自分でもどうすればいいのかわからないんじゃないかな……）

ひとりぼっち歴の長いわたしと恒川さんでは、考え方がちがうかもしれない。

だけど、わたしは智哉くんやまいまい、若葉ちゃんや夏月ちゃんたちに助けられた。

恒川さんにも、だれかそういう存在がいればいいのに。

わたしは、どこかたよりなげに見える恒川さんの背中をじっと見つめた。


しばらくしてから、ホームルームが始まるチャイムがなった。若葉ちゃんたちは席についているけれど、智哉くんとまいまいはまだ教室にもどってこない。

そう思っていたら、教室のドアがあき、ふたりは担任の先生と同時にバタバタと教室にかけこんできた。

「体育委員ふたり、準備ご苦労さんだな」

先生が、あわてて席につくまいまいと智哉くんに声をかける。

いつもはこんなとき、口うるさく注意するのに、さすがに体育祭前だからか、先生も大目に見てくれるようだ。

ちらっと智哉くんのうしろすがたを見たけれど、わたしはすぐに視線をそらした。

四時間目のあとにホームルームが終わると、まいまいと智哉くんは、かばんを持って、またあっという間に教室を飛びだしていった。

今日は四時間授業。

このあとは、体育委員と運動部が中心になって、体育祭の前日準備がある。

智哉くんは、体育委員の仕事だけじゃなくて応援リーダーの練習もあるから、今日は大忙しなのだ。

ちなみに吹奏楽部以外の文化部の生徒は、なにもせずに帰っていいことになっている。

「なんか、悪いね。わたしたち、先帰っちゃうの」

「ほんとだねえ」

夏月ちゃんと顔を見あわせる。

すると、

「ちょっといい？」

制服姿の若葉ちゃんが、わたしの肩をたたいた。

「あれっ、若葉ちゃんは行かなくていいの？」

わたしが問いかけると、

「うん、ホントは行かなきゃいけないんだけど、今日はうちの親、検診の日だから、わたしが弟たちのおむかえ行かなきゃいけないんだ」

「あ、そうなんだ」

そういえば、前に聞いたことがある。若葉ちゃんのお母さんは今おなかに赤ちゃんがいて、この秋に生まれる予定なんだって。

一度だけ、スーパーで偶然会ったことがあるけれど、弟さんたちはずいぶん小さかったっけ。

「……それより、莉緒、なんかあった？」

わたしはおどろいて、首を横にふった。

「えっ、わたし？　ううん、なんにもないよ？」

「ホント？　なんか今日、いつもより元気がない感じがしたから」

そう言われて、顔にかかった髪を耳にかける。

このままなんにもないフリをしようかと思ったけど、心配してくれているのに、ウソをつくのも気が引ける。

それに、だれかに話を聞いてほしかった。

わたしはゆっくりと答えた。

「すごいなあ。若葉ちゃんには、なんでもお見通しなんだね」

そう言って、手短に昨日の話を始めた。

智哉くんから電話があったこと、柴田先輩の話題になり、つい、気持ちを爆発させてしまったこと……。

「えーっ、それで石崎くん、電話きっちゃったの？」

「……うん」

夏月ちゃんの問いかけに、力なくうなずく。

「で、莉緒はすぐにかけなおさなかったの？」

「だって……」

わたしだってすぐにかけなおして、謝ろうって思ってた。

だけど、もしも謝って許してもらえなかったらと思ったら、こわくてできなかったのだ。

「そういう場合はすぐに謝らなきゃ。後悔するよ？ ……ほら、まいまいがこの間、そうだったじゃん」

夏月ちゃんに言われて、うつむく。

そうだ。まいまいも、ついこの間、小坂くんとぎくしゃくしてた時期があったんだ。

だけど、あれはほとんどがまいまいの思いすごしだった。

でも、わたしの場合はちがう。

智哉くんは、昨日、わたしとの約束よりも柴田先輩を選んだ。

これは、事実だ。思いすごしなんかじゃない。

「ごめんね」

ふいに、若葉ちゃんが言った。

「この間、わたしが変なこと言ったからだね」

「えっ、なに、なんのこと？」

事情がわかっていない夏月ちゃんが、きょろきょろとわたしたちの顔を見くらべる。

「わたしもさ、素直になれないとこがあるから、莉緒の気持ち、わかるよ。会えないときはなおさらだよね。わたしも意地っぱりだから、気持ち、わかる」

（……若葉ちゃん）

若葉ちゃんの彼氏の中嶋諒太くんは、私立の中学に通っている。だから、わたしやまいみたいにいつでも会えるってわけじゃない。

若葉ちゃんは普段、自分の話をぜんぜんしないけれど、もしかしたら中嶋くんとなにかあったんだろうか。

「……でもね」

そこで、若葉ちゃんが顔をあげた。

「石崎くんが、応援リーダーの練習を一生懸命がんばっているのは、本当のことだよ。柴田先輩が言うとおり、男子のなかで一番声がだせてなかったのは、事実だし」

そういえば、前に智哉くんも言ってたっけ。

コンプレックスはまつ毛が長いこと。

それから、声が小さいことだって。

「もしかしたら、だけど」

夏月ちゃんがおそるおそる口にだす。

「石崎くん、せっかく一生懸命がんばってたのに、それをなんかちがう風に誤解されちゃって、自分のがんばりをみとめてもらえなかったって感じたのかな」

わたしは、ぎゅっとくちびるをかみしめた。

（……そうかもしれないけど）

だからといって、柴田先輩とふたりきりで練習する理由にはならないよ。

それに、どうして柴田先輩のことを、『楓さん』なんて名前呼びする必要があるの？

若葉ちゃんと夏月ちゃんがわたしをなぐさめようとしてくれてるのはわかるけど、そんなにかんたんに納得できない。

（やっぱり、もう一度智哉くんと話しなきゃ……！）

そうじゃないと、このまま、わたしと智哉くん、うまくいかなくなっちゃうかも。

「応援リーダーの練習って、今日もあるの？」

ふりかえって若葉ちゃんに聞いてみる。

もう一度智哉くんと話をすれば、本当の智哉くんの気持ちを聞くことができる。

そう思ったけど、若葉ちゃんはゆっくり首を横にふった。

「練習っていっても、最後に軽く打ち合わせするだけくらいかな。……どうして？」

「もう一度、話がしたいなと思って」

わたしが言うと、若葉ちゃんはちょっとだけ首をかしげた。

「うーん、気持ちはわかるけど……。今日、石崎くんはあちこち走りまわって忙しいと思う。そんなときに話しても、きっとうまくいかないよ。あわてなくていいんじゃない？」

「でも……」

智哉くんが自分の感情をあらわにすることなんてめったにない。早く謝らないと、取りかえしがつかないことになりそうだ。

「ともかくさ、体育祭は明日だし、石崎くんにはぜんぶ終わってから話してみたら？　多分今日はそれどころじゃないだろうし」

『それどころ』

その言葉に、胸がずきんとした。

わたしのことは、智哉くんにとってその程度のことなのだろうか。

「智哉くん、わたしのこと、嫌いになったのかな」

ぽつんと言うと、夏月ちゃんがあわてて間に入ってきた。

「そんなわけないって。莉緒」

「……だって」

教室のざわめきのなかで、窓の外から、応援リーダーの声がかすかに聞こえた。吹奏楽部の音合わせの音も聞こえる。

それぞれ、明日の本番に備えて練習が始まっているんだろう。

「ごめん。弟たちのおむかえがあるし、わたし、もう行かなきゃ」

そう言うと、若葉ちゃんがぽんと背中をたたいた。

「大丈夫だよ、莉緒。そんなに心配しなくても。石崎くんのこと、もっと信用してあげなきゃ。じゃあ、また明日ねっ」

若葉ちゃんは言うだけ言うと、ポニーテールの長い髪をひるがえして行ってしまった。

その凛とした背中をうらめしげに見つめる。

若葉ちゃんはいいな。

いつだって、強い気持ちでいられて。

それにくらべて、わたしは……。

すると、いきなりふにっと両方のほっぺたを引っぱられた。

「莉緒ってば。そ〜んな顔しないの。せっかくの美少女が台無しだよ？」

夏月ちゃんが、ニヒッと笑う。

「石崎くん、体育祭さえ終われば気持ちも落ちつくって。ねっ？」

「……ありがと」

ほっぺたを引っぱられたままうなずいたけど、胸のもやもやは収まらない。

（本当に、智哉くんと仲なおりできるのかな……）

9 障害物競走

体育祭当日は、朝から気持ちのいい秋晴れだった。

水をたたえたような真っ青な空の下、あちこちで体育委員の子たちが指示する声が飛んでいる。

「二組のみんなはこっちに整列！　あ、イスのならべ方は出席番号順だよ。そこ、まだイス置いてないのだれ？」

まいまいも、朝からプリントを片手に大忙しだ。

智哉くんの姿を目で追う。

体育委員で、なおかつ応援リーダーでもある智哉くんは、朝からずっとひとつところにとどまらず、本部に呼ばれたり、青団の団長さんに呼びだされたりして忙しそうだ。

わたしのことなんて、眼中にないって感じ。目も合わせてくれない。

吹奏楽部の演奏で行進し、開会式が始まる。

さすがに全校生徒がならぶと、普段、広いと感じるグラウンドも狭く感じる。

智哉くんは、まいまいとふたり、クラスの列の一番先頭に立った。

校長先生のあいさつが始まる。

みんなより頭一つぶん背が高いうしろすがたをじっと見つめる。

頭がよくて、やさしくて、背が高いスポーツマン。

少女まんがからぬけでてきたみたいな智哉くん。

やっぱりわたしみたいなぐずでのろまな女子なんて、智哉くんとは元から釣りあっていなかったんだ。

そう思うと、じわっと涙がこぼれそうになる。

「莉緒。どうしたの。すぐに一年生の障害物競走でしょ。もう、召集かかってるんじゃないの？」

若葉ちゃんに声をかけられて、はっとする。

いつの間にか、開会式が終わっていた。さっきまできちんと整列していたのに、もうみんなばらばらになって応援席へともどっている。

（あ、そうだ。わたしも競技にでるんだっけ）

あたりまえだけど、体育祭には全員なにかの競技に参加しなくてはいけない。

わたしは元からみんなに期待もされていないし、一番人気がなかった障害物競走と、全員参加の玉入れにだけ出場する。

参加するだけでもいちおう点数が入り、上位になるほど加算される。

運動は、昔から苦手。普段、あまり外にでることもないから、太陽の光を浴びていると足もとがふわふわする。

（は〜っ、上位は無理だから、ともかく、転んで無様な姿を見せないようにしなくちゃ）

憂鬱な気持ちで、集合場所へとむかう。

すでに、たくさんの出場者でごったがえしていた。

（ええっと、どこにならんだらいいのかな）

まごまごしていたら、

「一年二組の出場者、こっちでーす！」

体育委員の先輩が声をかけてくれた。

指示された列にならぼうとして、はっとする。

わたしのすぐうしろの列に、柴田先輩が座っている。

（え〜っ、なんでこんなところに）

どうやらわたしは一年生の最後の出場組で、柴田先輩は二年生で最初の組のようだ。

偶然にしてはあまりにも間が悪い。

どうしようかと迷っていたら、柴田先輩はわたしを見上げて、

（あいさつしようかな。でも、直接の知り合いってわけでもないし……）

「そんなとこつったってないで、座ったら？」

ぼそっと言った。

「……あ、はい」

わたしはぺこっと頭をさげて、柴田先輩の前に腰をおろした。

（なんか、いやだなあ）

うしろに柴田先輩がいると思ったらいたたまれない。

痛いくらい背中に視線を感じて、ぎゅっと自分のひざをかかえた。

「ねえ」

とんと背中をたたかれて、びくっと肩をふるわせる。

「……あ、はい」

おそるおそるふりかえる。

「なにそんなおびえた顔してんの。わたし、あなたのこと、いじめたりしてないよね？」

あきれたように言われて、ますます体をちぢこまらせる。

（べつに、おびえてるわけじゃないけど……）

柴田先輩に限らず、『先輩』って苦手だ。

前に入っていた芸術部にもいちおう先輩はいたけれど、ほとんど部活にはでてきていなかったし、今の家庭科研究会はわたしと夏月ちゃんのふたりだけで先輩はいないから、どんなふうに接したらいいのかわからない。

「あなたさ、ともちんの彼女なんだよね」

いきなり聞かれて、とまどう。

（どういうつもりだろ）

でも、ここはそうだとはっきりみとめておかなくちゃ！

わたしは、強い意志を持ってこくりとうなずいた。

すると柴田先輩は、大きな瞳をこれでもかと広げて、じいっとわたしの顔を見た。

「ふうーん、ともちんはこういう女の子が好きなんだねえ」

その言い方に、カチンとくる。

なにそれ。こういう女の子ってどういう意味だろう。

なんか、すっごくトゲがある言い方！

……だけど、言いかえしたりなんてできない。

どう答えたらいいかわからず、だまって柴田先輩の顔を見つめかえした。

「莉緒ちゃん、だっけ。あなた、わたしのこと、嫌いでしょ」

ずばり言われて、ほおがカッと熱くなった。

「……なんでそんな」

「見てたらわかるよ〜。だってわたしがともちん誘いに行ったら、思いっきりむっとした顔してたもん。わかりやすすぎ」

(……ウソ)

自分では気にしていないふりしてるつもりだったのに、そんなにバレバレだったんだろうか。軽くショックを受ける。

「ま、ムカつくよねえ。大好きな彼氏がちょっかいかけられたら」

柴田先輩は、まるでわたしのことをからかうみたいに、ニヤニヤ笑っている。

(むーっ、そう思ってるなら、ちょっかいなんてかけないでよ)

心のなかで思っていたら、柴田先輩がぷーっと吹きだした。

「あなた、ホント思ってることが顔にでちゃうんだね。か〜わいい」

なんだかバカにされているようで、気分が悪い。

「でもさ、悪いけどわたし、あなたみたいな女の子、好きじゃないんだよね」

「えっ」

ぎょっとして、柴田先輩の顔をまじまじと見る。

まったく悪びれた様子もなく、前髪をいじっている。

(なんでそんなこと言われなきゃいけないのっ)

そう思ったら、つい言いかえしてしまった。

「わ、わたしみたいな女の子ってどういうことですか」

すると、柴田先輩は気にすることなく続けた。

「男子と女子がいっしょにいるだけで、すぐに好きとか嫌いとかそういう方向へ話を持ってくような子。彼女ってだけで、なんでも許されるって思わないでよね」

(なにそれ。だいたい先輩が智哉くんにベタベタしてくるのが悪いんじゃない。それにわたし、なんでも許されるなんて思ってないし!)

ますますカチンとくる。

「先輩は、わたしのなにを知ってるんですか? 話をしたこともないのに」

だけど、柴田先輩は顔色一つ変えずに続けた。

「話さなくてもわかるよ。あなたさ、ともちんにしてもらいたいばっかりじゃない。あなたは、ともちんになにをしてあげてんの? ともちんのどこを見てるわけ?」

その言葉に、胸がずきんと痛む。

たしかに、そうだ。

わたしは智哉くんになんにもしてあげられていない。

つきあいだしたころから、ずっと悩んでいたことだ。

だけど、どうしてそれを話をしたこともない柴田先輩に言いあてられたんだろう。

言いかえせずにいたら、柴田先輩は右の口角をきゅっとあげた。

「図星でしょ。……ま、ともかく、障害物競走、がんばって。どうせビリでも許されるって思ってるんだろうけど、あなたの順位も青団の点数に加算されるんだから、それ、忘れないでよね」

先輩は早口でそう言うと、もうそれ以上は話す気はないとばかりに頭にハチマキを巻きはじめた。

だまって先輩に背をむける。

（ムカつく〜〜〜っ！）

今までいろんな人にいろんなことを言われてきたけれど、面とむかってこんなにいやなことを言われたことってない。

どうせわたしは、智哉くんの彼女になんてふさわしくない。

そんなこと、先輩にいちいち言われなくてもわかってる。

だからといって、どうしたらいいのかわからないんだもん……！

わあああっ
いつの間にか、競技が始まっていたようだ。前の列の子たちが次々スタートしていく。

もうすぐわたしの番もまわってくる。

（どうせ、ビリだろうな……）

そう思いかけて、ううんと思いなおした。

それじゃあ、さっき柴田先輩に言われたとおりだ。それ見たことかと思われたくない。

わたしだって青団の一員だ。

運動が苦手だろうがなんだろうが、わたしの成績が、よくも悪くも反映される。

たとえ一点でも多く点数がつくのなら、最初からあきらめずに、できるだけがんばってみよう。

「位置について」

とうとうわたしの番が来た。

先生がピストルを空にむける。

パーン！

思いきってスタートをきった。

（とほほ、やっぱり無理だった）

ぜいぜいと肩で息をして、退場門から応援席へむかっておぼつかない足取りで歩きだした。

ハードルを飛びこえて、網をくぐりぬけ、平均台をわたって、跳び箱をクリアしてからゴールへ。

さっきの障害物競走では、今まで生きてきたなかで一番一生懸命走ってみた。

だけど、結果はやっぱりビリ。

気持ちだけで、順位はあがったりしないものだ。

わたしが手に入れた点数はたったの一点。青団への貢献なんて言ったら、鼻で笑われてしまいそうだ。

（クーッ！　せっかくがんばったのに、柴田先輩にまたバカにされる。くやしい！）

わあああっ

そこで、あたりに歓声がひびきわたった。

はっとして顔をあげると、トラックを柴田先輩が走っていた。

すらりと伸びた長い脚で、あっという間にゴールをかけぬけていく。真っ白なテープをきり、堂々の一位だ。

胸のなかに黒い靄が広がる。

（……すごいなあ、柴田先輩）

ふと、さっき言われたことを思いだす。

『男子と女子がいっしょにいるだけで、すぐに好きとか嫌いとかそういう方向へ話を持ってくような子。彼女ってだけで、なんでも許されるって思わないでよね』

ずきんと胸が痛む。

さっきはカッときたけれど、もしかしたら、そうなのかもしれない。

柴田先輩が魅力的な人だから、わたしが勝手にヤキモチをやいてしまったけれど、もしかしたら先輩は、べつに智哉くんにちょっかいをだしているつもりなんてなかったのかもしれない。

ただ純粋にがんばっている智哉くんのこと、応援してくれていただけだったのかも。

『石崎くんのこと、もっと信用してあげなきゃ』

若葉ちゃんにも、同じようなことを言われた。

智哉くんだって、声だしの特訓をしてくれる先輩ってだけで、柴田先輩のことを女子として意識なんてしてなかったのかもしれない。

（やっぱりわたし、ヤキモチやきのダメな彼女だなあ）

はあーっと深く息をはく。

ともかく、早めに智哉くんと話をしなきゃ。

若葉ちゃんは体育祭が終わってからのほうがいいって言ってたし、今日家に帰ってからでも電話しようかな。

……でも、今日はつかれてるかもしれないし、明日のほうがいいのかな。

ひとりであれこれ考えながら歩いていたら、前から智哉くんがこちらへむかってくるのが見えた。

「……あっ」

思わず足を止めた。

今からなにか競技にでるんだろうか。

それとも委員の仕事があるんだろうか。

ど、どうしよう。

若葉ちゃんにはああ言われたけど、応援合戦の前に、なにか声をかけたほうがいいかな。

だけど、こんなとこでなんて言えばいいんだろう。

心の準備ができてないよ。

近づいてくる智哉くんを見つめ、どきどきしていたけれど、智哉くんは、まっすぐ前をむいてそのままわたしの横を通りすぎていった。

(……えっ!)

ふりかえると、智哉くんは迷いのない足取りでどんどん遠ざかっていく。

「あの、智哉くん……！」

狭い通路を歩くほかの人たちをよけ、智哉くんを追いかけようとしてみたけれど、なかなか追いつけない。

すると、

「ともちーん！」

退場門あたりで、柴田先輩が智哉くんに手をふった。

智哉くんは、そのまま柴田先輩のほうへと歩いていく。

どうしてわたしには気づかずに、柴田先輩のことは気がつくの？

それとも、さっきのは、わざとわたしを無視したの？

ふたりはなにかを話しながら、そのまま校舎のほうへとむかっていく。

（わたしたち、もうおしまいなの？）

わたしはその場でただ茫然と立ちつくし、その姿を見送った。

10 応援合戦

「どしたの？　莉緒」

とつぜん、だれかに肩をたたかれ、「きゃっ」と思わず声をあげた。

ふりむくと、ふしぎそうな顔をしたまいまいが立っていた。

「ごめん、びっくりさせた？」

まいまいの顔を見たら、ぽろっと涙がこぼれた。

「う、うっ、うわあん、まいまい……！」

わっと自分の手に顔をうずめる。

「え、どうしたの？」

おどろいたまいまいが、あわててわたしの両肩に手を置く。

「わたしたち、もうダメかも……！」

今さっきあったことを手短に伝えると、まいまいは顔を真っ赤にしておこりだした。

「あの先輩、莉緒にそんなこと言ったんだ。性格ワルッ」

「やっぱりわたし、智哉くんにふさわしくないんだよ。だから智哉くんも……」

言いながら、次から次へと涙があふれてくる。

「ちょ、ちょっと待って、莉緒」

まいまいが、あわてた様子でわたしの顔をのぞきこむ。

「莉緒はどうしてそんなに自分のこと、卑下するの？」

「だって……」

わたしだってもっと自分に自信を持ちたい。

だけど、わたしにはなんにも誇れるものがない。

まいまいみたいに積極的じゃないし、若葉ちゃんみたいになんでもできるわけじゃない。

夏月ちゃんみたいに、これが好きって自信を持って言えるものもない。

智哉くんが好きって言ってくれた。

それだけが、わたしの自信のよりどころだったのに。

「んもー、前にも言ったでしょ。莉緒はホントにいい子なんだって。どうして信じてくれないのさあ」

まいまいが、あきれたように息をつく。

「それにさあ、自信なんてだれだってあるわけないじゃん。わたしもないし、なるたんもない。夏月だってそうだろうし、それは、石崎くんも同じじゃない？」

まいまいの言葉に、ふと顔をあげる。

「……智哉くんが？」

「だから、いやいやでも応援リーダーを引きうけてくれたんだよ」

まいまいの言ったことを、頭のなかで整理してみる。

智哉くんが自信がないこと。

それって……。

「ごめん、わたし、もう行かなきゃ。集合時間すぎちゃう」

まいまいはそう言うと、わたしの肩に置いた手に力をこめた。

「石崎くんはぜったい莉緒のこと嫌いになったりしないって。わたしが保証してあげる。多分、考え事かなんかしてて、莉緒のことに気がつかなかったんだよ。それより、午後から応援合戦でしょ、その姿、しっかり見てあげなよ。ねっ」

一息に言って、にこっとほほえんだ。

「じゃあ、わたし行くから」

そう言って、まいまいは足早に行ってしまった。

（……ホントにそうだといいんだけど）

わたしは遠ざかるまいまいの背中を見送ってから、応援席へと急いだ。

ドンドンドンドン

静まりかえったグラウンド上に、太鼓の音がなりひびく。

わああああっ！

とたんに応援席の前にならんでいた青団の応援リーダーたちが、大声をだしながら全力疾走でグラウンド中央に走りだした。

団長が先頭に立ち、腰に手をあてた。

「今からー、青団のー、応援合戦を始めます！　礼！」

青団全員で一斉に頭をさげる。

背中を大きくそらし、団長さんが大きく息をすった。

「青団の勝利を願ってえ〜っ、まずは三三七拍子、よーおっ！」

太鼓の音に合わせ、応援リーダーたちが演舞を始める。

わたしたちも、それに合わせて手拍子を打つ。

団長の動きに注目するようにって注意を受けていたけれど、わたしは智哉くんの姿から目がはなせなかった。

応援リーダーのしるしである地面までつきそうな長いハチマキをはためかせ、智哉くんが長い手足で空をきる。

「よーおっ！」

普段、物静かな智哉くんからは想像できないくらい、大きな声。

ぜんぶで二十人ほどいる青団の応援リーダーのなかでも、ひときわ大きな声をだしてい

た。

その姿を見ていたら、知らず知らずのうちに涙がこみあげてきた。

『俺、声が低くてぜんぜん通らないから……』

『やっと今日、団長に声がでるようになったってほめられたんだ』

声が小さいなんて、たいしたコンプレックスじゃないって思ってた。

あのとき、冗談半分で聞いていたけれど、智哉くんは本当に克服したいと思ってたんだ。

だからあんなに一生懸命、応援リーダーの練習に取りくんでいたんだよね。

それなのに、わたしは自分のことしか考えていなかった。

いっしょに帰れなくなったことがさみしくて、柴田先輩に智哉くんのことを取られちゃいそうで、不安でいっぱいだった。

『智哉くんだって、柴田先輩といるほうが楽しいんでしょう？　わたしなんかといても、おもしろくないもんね！』

だから、あんなこと言ってしまった。

智哉くんが、どれだけ本気で練習に取りくんでいたかなんて、考えもせずに。

「いよおーっ！」
ドドンッ
太鼓の音がなりひびいたあと、グラウンドに静寂が訪れた。
一陣の風が吹き、砂埃が舞いたつ。
一拍置いたあと、
わあああああっ
地面を揺るがすほどの大歓声がグラウンド中にひびく。
（すごい、すごいよ、智哉くん……！）
わたしはその歓声に負けないくらい力いっぱい手をたたいた。

結局、わたしたちのクラスは総合得点では学年三位だったけれど、青団の演舞は応援の部で優勝した。
閉会式のとき、発表されると、智哉くんは青団の人たちと抱きあって喜んでいた。遠目でよく見えなかったけれど、もしかして、ちょっと涙ぐんでいたかもしれない。

普段、クールな智哉くんがあんなに喜びを表現するなんて信じられないけど、きっとそれだけうれしかったんだろうな。

(おめでとう、智哉くん)

わたしは、晴れ晴れとした気持ちであらためて拍手をした。

閉会式を終え、全校生徒が一斉に使ったイスをかかえて教室にもどり、そのあと、かんたんなホームルームがあった。

わたしたちはそこで解散となったけれど、まいまいと智哉くんは体育委員の仕事があるのか、一度も教室にもどってこなかった。

(何時ごろ、もどってくるのかな)

そう思いながら、じっとイスに座っていると、

「あれー、莉緒、まだ帰らないの?」

帰り支度を終えた夏月ちゃんに聞かれた。

「うん、ちょっとね」

「……石崎くんを、待つの？　今日、これから解団式もあるし、遅くなるかもよ」

夏月ちゃんのとなりに立つ若葉ちゃんに聞かれ、わたしはこくんとうなずいた。

「うん、伝えたいことがあって」

わたしは、あらためて若葉ちゃんを見つめた。

「今日の応援合戦、本当によかった。若葉ちゃんも、おつかれさま」

すると若葉ちゃんは、ぽんとわたしの肩に手を置いた。

「ありがと。じゃあ、わたしちょっと部室に用事あるから」

「莉緒。また来週ね～」

そう言うと、ふたりは手をふっていっしょに教室をでていった。

教室にのこっていた子たちが、次々教室からでていく。わたしは朝読書用に持ってきていた本を読みながら、智哉くんがもどってくるのを待っていた。

時々、ばたばたとほかのクラスの体育委員の子たちが廊下を行きかう。

（智哉くん、まだかな……）

しばらくして、体操服姿のまいまいが教室にもどってきた。

「あれっ、莉緒。まだ帰ってなかったの？」

「うん。智哉くんのこと、待ってるんだ」

わたしの答えに、まいまいはなにか思ったようだ。

うんうんと何度もうなずいた。

「そっかあ。……あ、でも、男子はまだ体育倉庫の片づけしてるし、応援リーダーの子たちはそのあとに解団式があるからちょっと遅くなるかもよ？」

「うん、平気」

わたしが答えたら、「だよね」とまいまいが顔いっぱいに笑った。

「おう、終わったのか」

すると、いつの間にあらわれたのか、小坂くんが廊下から顔をだした。

「あれっ、小坂、もしかしてとなりの教室でわたしのこと、待っててくれたの？」

まいまいの言葉に、小坂くんがぷいっと顔をそむける。

「んなわけ、ねえだろ。たまたま通りかかっただけだ」

「え～、ウソだあ。ほかの子たち、もうとっくに帰ってるじゃん。『おまえのこと、待ってたんだ』って素直に言えばいいのにぃ～」

まいまいがニヤニヤ笑ってからかうと、小坂くんは真っ赤な顔になった。

「うるせえ、なんでもいいから、ほら、帰んぞっ！」

そう言って、かばんをかついで歩きだす。

「もう、素直じゃないんだから、ねえ」

まいまいはわたしにむかって歯をむきだして笑うと、

「じゃあね、莉緒。先帰るね」

歩きだしかけてから足を止めた。

「そうだ。石崎くんはもう教室にはもどってこないかも。昇降口で待ってるほうがいいと思うよ。……あ、ちょっと小坂ってば、待ってよお～！」

まいまいは、あわててかばんをかつぎ、小坂くんのあとを追って行ってしまった。

（ふふっ、ホントあのふたり、仲いいよね）

わたしまでしあわせな気持ちになって、ふたりを見送った。

ついこの間までは、楽しそうに話すまいまいと小坂くんのことがうらやましくてしかたなかったけど、今はちがう。

きっと、ふたりの空気ってものがあるよね。

わたしと智哉くんはおたがいにぎやかに話すタイプじゃない。

だから、会話が途切れたって、それが自然なスタイルなんだ。

わたしは智哉くんが好き。

そして智哉くんもわたしのことを好きだと言ってくれた。

それ以上、いったいなにを望むっていうんだろう？

こんなあたりまえのことに、今まで気がつかなかった自分がはずかしい。

そこで、はっと気がついた。

（いっけない。急いで昇降口に行かなきゃ。智哉くん、帰っちゃうよ）

11 青いハチマキ

早足で階段をかけおり、昇降口へむかう途中、角を曲がってきた柴田先輩とばったり遭遇した。

「あっ」

まさかこんなところで柴田先輩に会うなんて。

わたしはすぐにかばんを持ちなおして、ぺこっと頭をさげた。

「あの、今日はおつかれさまでした。青団の演舞、すごくカッコよかったです」

そう言ってから、あわててつけ足した。

「……それと、さっきは変なこと言ってしまって、すみませんでした」

柴田先輩は足を止めて、いつものようにじいっとわたしを見つめる。

「応援合戦の智哉くんの演舞見て、感動しました。すごくがんばったんだなあって。いろいろご指導いただいて、本当にありがとうございました」

そう言って、ひざこぞうに鼻先がくっつきそうなくらい、頭をさげた。

すると頭の上から、「それだけ？」という声が降ってきた。

（まずい、言い方が悪かったかな……）

そう思いながら、おそるおそる顔をあげる。

「……えっと、はい。それだけ、です」

消え入りそうな声でそう答える。

「あっそ！」

柴田先輩は、つーんとわざとらしいくらいあごをそびやかして、そのまま、すたすたとわたしの前を通りすぎていった。

（……やっぱり、わたしなんかにそんなこと言われても、うれしくないよね）

そう思って、遠ざかっていく柴田先輩のうしろすがたを見送っていたら、

「あのさ！」

いきなり柴田先輩がふりかえった。

おどろいて、身がまえる。

「ちょっとかわいいからって油断してたら、わたし、ともちんのこと、取っちゃうからね！」

（ええっ）

なに？

やっぱり柴田先輩、智哉くんのこと、好きだったの？

一瞬ひるんだけど、わたしは口の横に手をそえて言いかえした。

「大丈夫です。ぜったいわたしません！」

柴田先輩は、トレードマークの大きな瞳をまんまるにしてから、ふっと笑った。

「りょーかい。……じゃあね！」

そう言って、やわらかそうな髪をひるがえし、行ってしまった。


それから、どれくらいたっただろう？

さっきまで陽が射していたのに、だんだんあたりが暗くなってきた。ふりかえると、廊下にはもうだれもいない。

（智哉くん、もう帰っちゃったのかな……）

急に不安になって、靴を履きかえ、昇降口からグラウンドへむかう。

すると、体操服姿のまま、肩からかばんをさげた智哉くんがこちらにむかって歩いてくるのが見えた。

「あ……」

おどろいた顔で、智哉くんが声をあげる。

わたしはすうっと息をすいこんでから、一息に言った。

「ごめんなさい！」

「……えっ、莉緒ちゃん？」

智哉くんが、とまどった表情で問いかける。

だけど、わたしはかまわずそのまま続けた。

「智哉くんの言葉を信じられなくて、ごめんなさい」

言いながら、泣きそうになる。

でも、ここで泣いちゃだめだ。

自分で自分を奮いたたせ、ふるえそうになる声をおさえた。

「智哉くんは、わたしのことを好きだって言ってくれたけど、わたし、ずっと不安だったの。わたしなんかでいいのかなって。だから、柴田先輩みたいに魅力的な人が智哉くんのそばにいたら、わたしから気持ちがはなれちゃうんじゃないかって心配だったの。それで」

すると智哉くんは手を伸ばし、わたしのくちびるにそっと指をあてた。

「謝らないで」

はっとして、口をつぐむ。

「俺も、ごめん。自分のことで精いっぱいで、莉緒ちゃんの気持ちまで想像する余裕がなかったんだ。電話、あんなふうにきっちゃって、不安にさせて、本当にごめん」

智哉くんが心配そうにわたしを見つめる。

その表情を見たら、もうがまんできなかった。

(智哉くん、おこってなかった……!)

安心したとたん、智哉くんの顔がにじんで、ぽろっと涙がこぼれおちた。

「あっ、あのっ、ごめん、本当に」

智哉くんがあわてて手を引っこめて、首にかけていたタオルを差しだす。

わたしはそのタオルを受けとって、必死で首を横にふった。

ちがう、そうじゃないの。

智哉くんは、なんにも悪くなんてないのに。

そう伝えようとしても、しゃくりあげてしまって言葉がでてこない。


しばらくして、やっと涙も落ちついたころ、わたしはふうっと短く息をはいた。

「大丈夫……？」

おそるおそるのぞきこむ智哉くんに、「ごめんなさい」となんとか答えた。

「嫌われたんじゃないかなってずっと心配してたから」

わたしが言うと、智哉くんもうつむいてぼそっと言った。

「それは、俺のほうだよ。あんなやな感じで電話きって、もう別れようって言われたらどうしようって心配してた」

「そんな……」

智哉くんはうつむいたまま、続けた。

「今日、応援席のうしろですれちがったでしょ。あのとき、莉緒ちゃんに呼びとめられて、『別れよう』って言われたらどうしようと思って、こわくて足を止められなかった。本当に、ごめんね」

（そうだったんだ……！）

てっきりさけられてるのかと思ってた。

おたがい、同じことを心配してたなんて。

気がぬけて、ふっと笑みがこぼれる。

（あ、そうだ。もうひとつ、大事なこと伝えなきゃ）

わたしは姿勢を正して智哉くんにむきあった。

「今日の青団の演舞、すごくカッコよかった。いつもの智哉くんじゃないみたいに」

そこまで言ってから、あわてて言いなおした。

「あ、ごめん。今の言い方おかしいよね。元々カッコいいんだけど、いつもの智哉くんとはまたちがったカッコよさだったというか」

一生懸命言い訳しようとしたけれど言えば言うほど変になる。

「……なんかよくわからないけど、ありがと」

智哉くんがぷっと吹きだした。

つられて、わたしも吹きだす。

「最初はホントにいやだったけど、がんばってみてよかった。ちょっとだけ、自信がついたよ」

智哉くんの言葉に、今度は素直にうなずいた。

「そっかあ。よかったね」

「あ、そうだ」

智哉くんが急に思いだしたように、ポケットへ手をつっこんだ。

「これ、もらってくれる？」

そう言って、わたしの手のひらになにかをのせる。

そこにあったのは、夏の空みたいな真っ青なハチマキだった。

「智哉くん、これ……！」

「このハチマキのウワサ、知ってる?」

わたしは手のなかのハチマキを見てうなずいた。

「うん、夏月ちゃんから教えてもらった」

「そうなんだ。俺、知らなくて、今日、楓さんに教えてもらったんだ。『彼女にわたしてあげなよ』って」

「……え、柴田先輩が?」

『油断してたら、わたし、ともちんのこと、取っちゃうからね!』

さっきはそんなこと、言っていたのに。

「俺、ぼーっとしてるし、ねえさんから『あんた見てたらイラつく』ってよく言われるんだよね」

「えっ、おねえさん?」

智哉くんには、大学生のおねえさんがいるって聞いたことがある。

前にわたしが、「智哉くんっていつもおしゃれな私服着てるよね」って言ったら教えてくれた。そのおねえさんが、いつも服を選んでくれるんだって。

会ったことはないけれど、智哉くんの話にたびたび登場する。

だけど、『まつ毛がキリンみたい』とか、『イラつく』とか、智哉くんには厳しいようだ。

「きっと楓さんも、ねえさんと同じで俺のこと見ててイライラしたんだろうなあ。だから
あんなに親身になってくれたんだと思う」

ほがらかに笑う智哉くんの顔を見て、複雑な気持ちになる。

（……うーん、それはどうかな）

わたしは手のひらの青いハチマキを見つめた。

「ありがとう。大切にするね」

わたしはそう言って、夏月ちゃんに教えてもらったとおり、かばんの持ち手にむすびつ
けた。

青いハチマキが、リボンのように見える。

「あのさ、莉緒ちゃん」

言いながら、智哉くんの顔が赤くなる。

「俺、莉緒ちゃんとこれからもずっといっしょにいたいって思ってる。だから莉緒ちゃん

にもそう思ってもらえるように、もっともっとがんばるよ」

「がんばらなくて、いい！」

わたしは思わず言いかえした。

「だって智哉くん、がんばらなくても今のままで十分なんだもん。智哉くんがこれ以上カッコよくなったら、わたし、ヤキモチばっかりやかなくちゃいけなくなるよ」

そう言うと、智哉くんの顔がますます赤くなった。

「えっと……。莉緒ちゃん、今までヤキモチなんてやいてくれてたの？」

智哉くんの言葉に、ぽかんと口をあける。

え、いまさら⁇

だってわたし、ずっと柴田先輩と智哉くんのこと心配してたのに！

それがヤキモチなんだってこと、今までぜんぜん気がついてなかったの？

（……智哉くんって、実はちょっと天然かも）

「莉緒ちゃんって、いつもにこにこしてるし、ヤキモチとかあんまりやかないタイプかなって思ってたから」

そこまで言うと、智哉くんが照れたように笑った。

「ちょっとうれしいな」

その表情を見て、胸の奥がきゅんとなる。

もう智哉くん、ずるいよ。

そんな顔されたら、わたし、ますます好きになっちゃうじゃない！


そのとき、わたしたちの頭上に完全下校を知らせるメロディが流れはじめた。

「あ、ごめん、遅くなっちゃったよね」

そう言うと、智哉くんがわたしに手を差しだした。

「さ、帰ろっか」

「うん！」

だれもいない校門をくぐりぬけて、ふたりで手をつないで歩きだす。

手の甲にふたつならんだほくろ。

深爪ぎみな、四角い爪。

そして、ちょっぴり長いまつ毛。

となりを歩く智哉くんの横顔を見つめる。

（初めてケンカ、しちゃったな）

これから、わたしたちはまた何度もケンカをするのかもしれない。

でも、それでいいんだと思う。

歩くたび、かばんの上で揺れる青いハチマキを見る。

ふたりの心がほどけそうになったら、またむすびなおせばいいんだ。

このハチマキみたいに。

ゆるやかな坂をくだりながら、わたしは智哉くんの大きな手をぎゅっとにぎりしめた。

（おわり）

あとがき

いつも応援ありがとうございます。「キミいつ」シリーズ作者の宮下恵茉です。

「キミいつ」シリーズには、毎回たくさんのお手紙をいただいています。特に多いのは、みんなの恋のエピソード♡　どれもお話のヒントになりそうな、すてきなエピソードばかり！　毎回原稿を書く合間に読んでは、ひとりでムフフと笑っています（こわい？）。

ほかに「あとがきをいつも楽しみにしています」と書いてくれている子もいて、びっくり！

実はわたし、あとがきを書くのがとても苦手で、毎回、ああでもないこうでもないと、本編の原稿を書くよりも悩んでいるのです。なので今回も、（楽しみにしてくれている子がいるんだから、がんばらねば！）と自分を奮いたたせて書いています（笑）。

そうそう。たまに「絶対お返事ください！」と書いているのに、名前や住所を書いていない人がいるので、お返事がほしいときは必ず忘れないようにしてくださいね。

さて、前置きが長くなりましたが、今回のお話、いかがでしたか？

いくら両想いでも、楓先輩みたいな強力なライバルが現れると、心配でしかたなくなりますよね～。みなさんもこういう体験ありますか？

わたしは元々心配性なので、石崎くんみたいなモテモテの彼氏がいたら心配しすぎで寝こんでしまうかも……。なので、今までおつきあいした人のなかに石崎くんみたいにカッコいい人はいなかったので、本当によかったです（↑失礼すぎ）。

もしもみなさんのなかに、「いやいや、わたしの彼氏はカッコいいから困るんですけど！」って人がいたら、今回のお話を参考にして莉緒ちゃんみたいにがんばってくださいね〜。

さて、ここでわたしからみなさんにふたつお知らせがあります！

その①なんと、まいまいと小坂の小学校時代のエピソードを書いた短編集『人気シリーズ大集合！　5分でときめき！　超胸キュンな話』が、発売されます！　ほかの人気シリーズの短編も読める恋のお話満載の超豪華な一冊ですので、ぜひぜひチェックしてみてね☆

その②次回の「キミいつ」ヒロインは、なんとなんと、今回のお話にもチラッと登場したあずみちゃん。クラスでも部活でもすっかり孤立してしまったあずみちゃんは、いったいどんな気持ちでいるのでしょう？　……それは、読んでのお楽しみ！

どちらもきゅーんとさせちゃいますので、楽しみに待っていてくださいね♪

宮下恵茉

集英社みらい文庫

キミと、いつか。

ひとりぼっちの“放課後(ほうかご)”

宮下恵茉(みやしたえま) 作
染川(そめかわ)ゆかり 絵

ファンレターのあて先
〒101-8050 東京都千代田区一ツ橋2-5-10 集英社みらい文庫編集部
いただいたお便りは編集部から先生におわたしいたします。

2017年11月29日 第1刷発行
2019年 3 月13日 第3刷発行

発行者 北畠輝幸
発行所 株式会社 集英社
〒101-8050 東京都千代田区一ツ橋2-5-10
電話 編集部 03-3230-6246
読者係 03-3230-6080
販売部 03-3230-6393(書店専用)
http://miraibunko.jp

装丁 +++ 野田由美子 中島由佳理
印刷 凸版印刷株式会社
製本 凸版印刷株式会社

★この作品はフィクションです。実在の人物・団体・事件などにはいっさい関係ありません。

ISBN978-4-08-321405-9 C8293 N.D.C.913 170P 18cm

小坂、智哉、諒太、祥吾を主人公にした４つのお話を収録！　いつもの“キミいつ”では知ることのできない、男子たちの“本当の気持ち”を描きだすスペシャルな１冊だよ!!

小学生のころ、
諒太は、あこがれの
女の子・若葉の言葉で
大事なものに気がついて…。

初めて出会った夏月は、
ひとりっ子で人見知り。
祥吾はそんな夏月を笑顔に
したいのだけど…!?

10巻目は 2019年3月22日㊎ 発売予定!!

ひとりぼっちの“放課後”

“素直”になれなくて

本当の“笑顔”

夢見る“クリスマス”

『キミと、いつか。』略して、『キミいつ』って呼んでね

キミいつ次巻予告!!

今度の主人公は“キミいつ”ボーイズの4人――!!

祝★シリーズ10巻目のスペシャル企画！

小坂♥麻衣編

つきあって初めてのデート。
しかも麻衣の誕生日！
恥ずかしがり屋の小坂が
デートプランを考えて…!?

智哉♥莉緒編

莉緒のことが気になり
はじめたのは、実は智哉が
コンプレックスに感じていた、
あのことがきっかけで…!?

1～9巻も好評発売中!!

1 近すぎて言えない“好き”

2 好きなのに、届かない“気持ち”

3 だれにも言えない“想い”

4 おさななじみの“あいつ”

5 すれちがう“こころ”

KIMIITSU TIME LINE

キミいつ♡タイムライン

「今、こんな恋しています！」、「こんな恋でなやんでます」など、みんなの恋バナ教えてね。

先生への相談レター

私にはずっと好きだった人がいます。
その人とは、ほとんどクラスが同じで、
よく私にしゃべりかけてくるのですが、
小6になって急にライバルが増えました。
しかも、ライバルは私の友だちばかりです。
告白したいのですが、タイミングがわかりません。
どうしたらいいですか？

（小6・ゆか）

宮下恵茉先生より

ライバルが多いなんて、ゆかちゃんの好きな彼は人気者なんだね！　よくしゃべりかけてくれるのなら彼もゆかちゃんのこと、思ってくれているかも？　ゆかちゃんからも積極的にしゃべりかけてみたらどうかな？　もしかしたら、彼の方から告白してくれるかもしれないよ！

5巻目の ひとこと感想コーナー

麻衣ちゃんの気持ち、ものすごく伝わってきました。私も、つきあっていた人がいたときに、別の男の子から「好きです」と言われて、ものすごく困ってしまったことがありました。最後（176ページ）が一番キュンキュンしました。（小6・みき）

まいまい（でんでんむし）と、小坂くん、お似合いですね。こんな恋、してみたいです！
（小3・あゆみ）

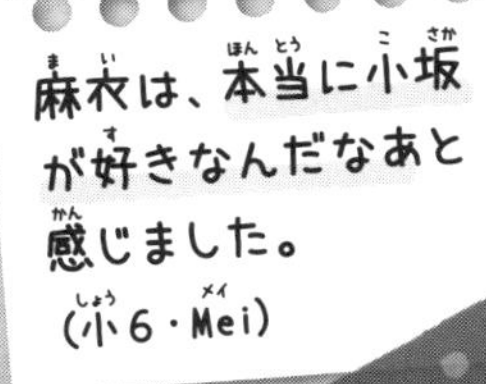
麻衣は、本当に小坂が好きなんだなあと感じました。
（小6・Mei）

おたより まってるよ！

宮下恵茉先生へのお手紙や、この本の感想、「キミいつ♡タイムライン」の相談レターは、下のあて先に送ってね！ 本名を出したくない人は、ペンネームも忘れずにね☆

〒101-8050
東京都千代田区一ツ橋 2-5-10
集英社みらい文庫編集部
『キミと、いつか。』係

「みらい文庫」読者のみなさんへ

言葉を学ぶ、感性を磨く、創造力を育む……、読書は「人間力」を高めるために欠かせません。

たった一枚のページをめくる向こう側に、未知の世界、ドキドキのみらいが無限に広がっている。

これこそが「本」だけが持っているパワーです。

学校の朝の読書に、休み時間に、放課後に……。いつでも、どこでも、すぐに続きを読みたくなるような、魅力に溢れる本をたくさん揃えていきたい。読書がくれる、心がきらきらしたり胸がきゅんとする瞬間を体験してほしい、楽しんでほしい。みらいの日本、そして世界を担うみなさんが、やがて大人になった時、「読書の魅力を初めて知った本」「自分のおこづかいで初めて買った一冊」と思い出してくれるような作品を一所懸命、大切に創っていきたい。

そんないっぱいの想いを込めながら、作家の先生方と一緒に、私たちは素敵な本作りを続けていきます。「みらい文庫」は、無限の宇宙に浮かぶ星のように、夢をたたえ輝きながら、次々と新しく生まれ続けます。

本を持つ、その手の中に、ドキドキするみらい――。

本の宇宙から、自分だけの健やかな空想力を育て、〝みらいの星〟をたくさん見つけてください。

そして、大切なこと、大切な人をきちんと守る、強くて、やさしい大人になってくれることを心から願っています。

2011年　春

集英社みらい文庫編集部